imaginist

想象另一种可能

理
想
国

imaginist

楊氏女

章诒和 著

广西师范大学出版社
·桂林·

图书在版编目(CIP)数据

杨氏女 / 章诒和著. — 桂林：广西师范大学出版社，2012.1

ISBN 978-7-5495-1131-0

Ⅰ. ①杨… Ⅱ. ①章… Ⅲ. ①中篇小说 – 中国 – 当代
Ⅳ. ①I247.5

中国版本图书馆CIP数据核字(2011)第269284号

广西师范大学出版社出版发行
桂林市中华路22号 邮政编码：541001
网址：www.bbtpress.com

出 版 人：何林夏

全国新华书店经销

发行热线：010-64284815

北京汇林印务有限公司

开本：787mm × 1092mm 1/32

印张：8 字数：80千字

2012年1月第1版 2012年1月第1次印刷

定价：29.80元（精装）

落叶，只有风知道她的哀伤和叹息。

目 录

引子

心不在焉的杨芬芳把最后一口白米饭，送进了嘴里。

「你再吃一碗吧？」问话的，是她的亲姐姐杨婉芳。

「饱了。」

「现在能吃上一碗白生生的大米饭，不容易啊。芬芳，你再吃一碗，算是给我面子了。」说话的叫刘庆生，现役军人，连长，也是唯一的宾客。

另一个是做东的，杨婉芬的丈夫赵勇海。

四人餐，像宴会那样郑重其事，气氛庄重；又仿佛做出了什么重大决议，要用一个饭局来纪念。

说准了，真的有重大决议，决议在饭前就已经开始了谋划……

上编

第一节

杨婉芳是县城石壁公社的妇联主任，性格活泼，人也算漂亮。还是拖着一双小辫子时候，就被公社副书记赵勇海看中。不奇怪，她每次来到公社大院，都要和同村的收发室老大爷闲聊几句，那银铃般的笑声，引起站在一侧读报看书的赵书记的注意。那时，赵勇海刚提拔起来，巴望事业有成，不想过早成家。但对这个穿来走去的姑娘已有所留意。一打听，人家还在读书，心想：很好，事情不必着急。再打听，人家就姊妹俩，心想：这更好了，不像自己一大家子人，那么拖累。

赵勇海高个子，眉清目秀，爱动脑筋，说话谦和。

县城高中毕业后，因为是老大，急需替父母分担养家的责任，就没有继续读书。他的数学、物理成绩都不错。担任班主任的老师觉得可惜，赶到家里做说服工作，说：「孩子考师范类院校是十拿九稳，上学的费用全免，还有助学金。」赵勇海挺犹豫。公社领导听说他的数学好，正逢他所在的石壁公社石壁大队缺会计，便递话过来：「若留下来，保证给你当大队会计。」

赵勇海的父母知道后，兴奋得一个劲儿地撺掇儿子留下来，好处摆了一大堆。最重要的，也是最主要的一条，就是：「你从此就叫干部，不是社员啦。你有补贴工分，你到公社开个会，都算工分的；你分稻谷、分红薯、分麦秆，都会比别人分得好，也分得多；一家人全年吃不了几顿荤，你到公社开会就有一碟红烧肉，葵花子嗑不完，还可以往家带……」絮絮叨叨，虽说赵勇海听得心烦，但毕竟听进去了，遂留了下来。一个年轻后生对谁都客客气气，彬彬有礼。到公社开会，旮旯一坐，一言不发。问到他，则腼腆道：「我就会算账，别的不懂，也不行。」就这么个年轻后生，很快赢得上下左右的好感。

一次，遇到县里换届开会，县、公社、大队三级干部代表参加。公社老书记提出：最好补上赵勇海。一老一小去了，会议期间赵勇海鞍前马后照顾老书记。选举那天，需要点票的人。老书记大喊：「我们石壁公社的赵勇海数学好，最合适！」

点票算个啥，既非代数，也非几何，整洁文静的赵勇海点得麻利，唱得清晰，连任的县委书记对他也有了印象，会后对公社老书记说：「我看小赵不错，你们好好培养吧。」

培养就是提拔。没多久，赵勇海当上了公社的会计。上任后，把前任的账彻底清理了一番，很快发现了漏洞。他私底下跟老书记说了。

老书记问：「你打算怎么办？」

「我把账摆平了，但以后不行。公社开个会，吃顿饭，买盒烟，都要上账。到时候上级查账，找的是赵勇海，老人家得替我想想，家有父母，下有弟妹，我还没结婚哪！」老书记服了，觉得他不单是会计，还是「把门」的，「放哨」的。

岁尾年初，照例有县里干部到公社查账。有的公社会计急得像热锅上的蚂蚁，可赵勇海早早睡下：你们查吧，一分钱不差。之后，他被提拔为副书记，还主动提出兼任公社会计，无人反对。他把工作安顿得井井有条，忙起来就住在公社。

一个黄昏，他走出院子，站到后面的小山坡上，两眼呆呆地直视前方。太阳终于落下，敛尽了光芒。他的前面，仿佛是个无穷的宇宙；自已的内心也有一个巨大的空洞，而靠自己一个人是无法把这个空洞填满的。赵勇海意识到：自己该结婚了。这时，杨婉芳的影子便浮现在眼前，二人没交往多久，婚姻大事就提上了日程。赵勇海的择偶标准就一条，要心肠好。因为家里成员多，谁都需要照顾。给点钱啦，送些粮票啦，买点副食品啦，这些事情若老婆横加干涉，那就难办了。巧了，杨婉芳挑选对象也不苛刻，就是要找个比自己强的，而赵勇海在职务、工资、文化以及政治前途等各方面，都比自己强多了。婚姻从外表看是爱情的结合，其实功利因素远远超过感情成分。

赵勇海对即将成为妻子的杨婉芳说：「你说想要点什么吧？」

杨婉芳说：「我啥也不要，就是要你把我妹妹也调上来。我住在公社，不能让她一人脸朝黄土背朝天过一辈子。」赵勇海很感动：难得一个女人不贪图财礼。

「行呀。不过要等些时候。」

杨婉芳急了：「我的要求就这一条，你还要拖着。赵副书记，你是办不成，还是不愿意办呀？」

赵勇海拍着她的肩膀：「不是办不成，也不是不愿意办，是还没想出调她的好办法。你是公社的妇联干部，现在又要调小姨子，影响多不好，说起来也难听。我答应你，但是得找个正当理由。」经他一说，杨婉芳也觉得有道理，不再唠叨。赵勇海没见过杨芬芳，便要求到杨家看看。

杨婉芳笑了：「我家有啥看头？两间瓦房，是父母留下来的。一个比我小十岁的妹妹，几分自留地由她收拾，好赖不管。」说到妹妹总是一人在家，眼圈竟红了。

「那我更得去看了。」

这是一个星期日，天气大好，一个新鲜幽丽的清晨，阳光透过云层均匀地洒下来，把大地抹上一层金黄。远处的山峦，一副似醒未醒的惺忪样子。路边的野花，顶着露珠开了。小溪的水，清得一眼看到底。他们是骑自行车去的。石壁大队，从前叫石壁村，它紧挨着石壁公社。二人一路说笑，不知不觉到了。房子是泥墙瓦顶，两间一明一暗。外间最显眼的家具是一张八仙桌，桌上，喷着花卉图案的搪瓷盘子里放着几个茶杯，一尘不染。墙上挂着一个小小的月份牌和一面大大的镜子，镜面擦拭得光洁如新。一张两屉桌，上面码着不多的书籍，手工编织的白色绣花巾搭在一个小收音机上。

赵勇海摸着光滑的八仙桌说：「有些年头了吧？」

杨婉芳点点头：「这是父母的遗物。我们杨家的成分是中农。老人走的时候，给我俩一人一对银镯子，其他就没啥东西了。那阵大炼钢铁，要不是我和芬芳死命拖住煮饭的铁锅，大概就饿死了。」

太阳从敞开的木门直射进来，赵勇海看到屋子外面，左右架着两个篱笆，一边挂满丝瓜、豆荚，一边开满喇叭花。所有的绿色沐浴在阳光下，给人一种恬静、柔和的感觉。他想，只有女人住在这里，才如此清雅。正在屋檐下徘徊，一声「姐！」让他抬起了头。

迎面而来的是一个比杨婉芳高大得多，丰满得多，也漂亮得多的年轻姑娘。

杨婉芳拉着妹妹的手，说：「这就是赵勇海。」

杨芬芳叫了声：「赵书记。」

「别叫书记，叫我赵哥或姐夫，都好。」

都坐下来了，赵勇海渐渐琢磨出她与杨婉芳的区别。姐妹的眼睛形状差别不大，可眼神极为不同：姐姐的像潭水，妹妹的似海洋；一个是黑眼珠，一个怎么会是栗色呢？俩人头发的颜色不同：姐姐是黑色，妹妹的是黄褐色。两姊妹的嘴唇也很不一样：杨芬芳的嘴要比杨婉芳大多了，双唇相交的线条呈现出一条弧线。他暗想——杨芬芳若生气地撅嘴，一定很好看。

赵海勇不知道，这样的双唇不是为了说话，是为了颤动，天生最合适接吻。谁做她的情人，就是谁的福分。再，就是她的鼻梁又直又高，把整张脸庞撑得饱满而生动。

原来，杨婉芳准备在家里做点汤面就算了。可赵勇海觉得，第一次见到小姨子就吃一碗面，于礼不周。他提出：「我要请芬芳去公社食堂吃米饭炒菜。」

杨婉芳自是高兴，未婚夫能对妹妹有个好印象，也就为以后的调动打下了底子。「三人怎么去？自行车不够啊？」她有些犯难。

杨芬芳听说去公社吃好的，高兴极了。说到自行车，她马上说：「姐，这好办，我去借一辆。」

「跟谁借？」

「何家，找无极呀。」

「哦，那好，快去。」

何家儿子太出众了，杨婉芳怎能忘记？从小的邻居，俩姐妹和他一起打打闹闹，还先后在同一个小学读书。辫子散了，背过身叫他给重新编起来，他编得比自己梳的还好，辫花整齐密实。何无极是独子，身体壮硕，浓眉大眼，礼貌谦恭。要不是被「地主子女」的阶级成分的大帽子压着，小伙子早就被好人家抢走了。何无极本事多了：下地一把手，木工、瓦工也在行，还会踩缝纫机。很多人家也爱找他帮忙，砌个灶台，给小孩缝个裤衩，他都揽下来。白天，忙里忙外，只有晚上才是他一个人的世界。他感到孤独，男人的孤独。自己并非不想找个对象，但是想到家庭成分，就不急了。俗话说：「丑妻薄地家中宝。」何无极偏偏不信，一心盘算能遇上个好看的、也不在乎阶级出身的女孩子。他宁愿苦等，等候上苍的垂怜。

何家与杨家是老邻居了。所谓邻居，是指两家同在一面坡，相隔不过几十米，有条蜿蜒小路相通。杨芬芳年幼，不谙风情，对异性基本是麻木的。因为年龄的接近，又知他能干，就常喊他干这干那：「无极，给我磨磨菜刀吧，连青菜都切不动了。」他大步流星地过来，拿过菜刀就走。过不了一会儿，一把锋利的菜刀就递到杨芬芳手上。

杨芬芳咧着嘴笑：「谢谢了。」

「不用谢。我问你，等你出嫁了，还要我给你磨刀吗？」

「我不嫁，就要你磨吔。」

「你要不嫁，那我就把你的自留地包了。」说罢，两人相视大笑，谁也没往心里去。

何无极干活儿，决不让杨芬芳插手。她也不客气，站在一边看，连水都不倒一杯。也不知为啥，两人处得那么逍遥自在，似一家人，像亲兄妹。

此时，杨芬芳气喘吁吁地跟他借那辆破自行车，何无极一口答应。车推了出来，他说：「这车是别人不要了，我捡过来用破旧零件攒的。我骑没问题，你骑要当心了。」

「没关系，还有赵勇海呢。出了毛病，他会修理。」

「他会修车？未必吧。」何无极似乎有点生气，又突然追问，「你这是要去哪儿？」

「去公社，姐姐和他要请我吃饭。」

「他们为什么请你吃饭？」

「这不是姐夫第一次见小姨子嘛。」

「今晚你回来吗？」话从嘴里脱口而出，自己也没想到居然会问这样的问题。

「我也不知道。」

「要是太晚了，一个人走夜路，你就别回来了。」

「哦。」杨芬芳推车离去，忽然想起家里的几只小鸡，掉头就喊，「无极，我不在，替我照管一下小鸡啊。」没想到何无极依旧站在那里，一步未挪。不觉心头一热，脸猛地红了。

第二节

当赵勇海在县城人武部办公室结识了回家探亲的现役军人、连长刘庆生的时候，他的心活泛起来。

认识的场合极其偶然，他到县里开年终总结干部大会。这样的会，作为管着公社账本的人是必须参加的。他不爱抽烟，可会场里总是烟雾缭绕，避也避不开。到了会议午间休息的时候，他就去人武部办公室坐坐，因为人武部部长老金不抽烟。他的儿子小金在徐州服兵役，每年要给父亲寄一大包绿茶。赵勇海最喜喝茶。就这么点小缘故，赵勇海到县城开会，有了空闲，就到老金办公室小憩，呷一口茶，双眼微合，全身舒坦了。

这次进门，见着一陌生人。经介绍，知道这叫刘庆生的军官是小金的上级，也是本地人。很早参军了，从副班长开始起步，班长，副排长，排长，一步一步做到了连长。刘连长个头不高，四方脸，身材偏瘦，给人印象最深的是他那双狭长的细眼睛，目光一闪一闪的。老金说了，能当上连长的人一定是政治觉悟高，热爱学习；生活上一定是为人正派，艰苦朴素。至于缺点嘛，老金说，就是多少有些刻板。

刘庆生这次返乡度假，一件重要的事情就是想谈个对象。他很现实，到了这个年龄，也有了这个能力，婚姻大事自然就提上日程，这符合唯物论，也符合最早原始人类的生存需要。刚提出打算在这里解决婚姻问题，赵勇海一下子就想到了杨芬芳。一番交谈，他感到刘连长还真的刻板，说话无趣。转而又想，不能怪他，兴许是长期呆在部队的结果。一旦刘庆生懂了女人，人自会活泼起来。而一旦婚事定下，作为现役军官家属，把杨芬芳调到公社，别人再有意见，也无话可讲。赵勇海断定：这事若说给老婆听，杨婉芳肯定满意。那么杨芬芳呢，她会答应吗？会的——赵勇海自问自答，因为择偶是极其现实的事，看家庭出身，看阶级成分，看本人政治面目，看工作单位，再看工资多少。以上条件于刘庆生而言，是条条够格。那么，刘连长会满意杨芬芳吗？赵勇海很有把握：小姨子不必收拾打扮，就是从泥塘里拔腿出来，往田埂一「戳」，那个清丽的样子，也得叫姓刘的好一阵耳热心跳。

就这样，赵勇海在返回公社的路上，豪情满怀。也不知为什么，快到石壁公社的时候，好心情突然没了。毕竟是读了几本书的，知道爱情两个字。自己把两个背景不同、性格各异的一对男女用介绍的方式拉在一起，把杨芬芳的幸福和未来都撮合了进去，是否有些危险呢？她与那姓刘的会相爱吗？日子幸福吗？决定结婚是很快的，而爱情要过很久，才会明白。在交换各自生命过程中，要是杨芬芳后悔了，自己该承担什么责任？想到这些，赵勇海似乎不敢往下想了。回到公社，已是正午。人在阴凉下打着呵欠，连鸡狗都无精打采，一个妇女一手抱着熟睡的孩子，一手驱赶恼人的苍蝇。

杨婉芳还在厨房做饭的时候，赵勇海就把刘庆生的事情说了。

妻子乐了，用锅铲敲打着锅沿儿：「你真有两下子，神不知鬼不觉地把芬芳的事办妥了！你等着，我到小店买点卤菜。咱俩得先庆贺一下。」

「算了，两人还没见面，别高兴得太早了。」

谁知刘庆生挺急，第二天就带着用全国粮票买的点心，用高价买的两斤猪肉和从老金那里抓来的茶叶，一溜烟儿跑到石壁公社来了。

他与赵勇海夫妇见面，又是鞠躬，又是敬礼。开门见山地说：「帮人帮到底嘛！我这次探亲无论如何也要我和杨芬芳见上一面。」特别是看到杨婉芳长相还算清秀的时候，决心就铁定了：「要不答应，我就在你们的公社住下，不走了。」

赵勇海带着笑，说：「等明年再安排见面，也不迟呀。」

老刘面带苦相，朝天伸出三根手指：「一等就是一年，我可过了三十五，别饱汉不知饿汉饥啊。」赵勇海与杨婉芬互相交换了一个眼神。老刘看出了希望，忙说：「哪怕让我只看一眼，我保证，看完就走！」

一身戎装，满嘴软话，倒让赵勇海夫妇多少有些为难。为难处就在于事先一点都没跟杨芬芳通个气儿。太突兀了，人家还是个不到二十岁的大姑娘。终究拗不过这位军官，商量一阵后，答应了。定的见面地点在县城的一家饭馆。而时间则要看杨芬芳的态度了。

这时，爽快的杨婉芳也直言不讳了：「看一眼，也是相亲。对女孩儿家来说，可是关系到后半辈的大事！可我们对你的情况，真的都不很了解，你不能甜言蜜语骗我妹妹！就算婚事成了，你连长可是风光在外，而我妹妹就要苦守寒窑。有句话你知道吗？叫『凤凰落地不如鸡』。」话一出口，让刘庆生一时无法应对，细长的眼睛闪了好半天。

赵勇海出面打了圆场：「你先回城里，等我们的消息。时间定下，我就打电话到人武部，让老金转告你。」事情说妥，夫妇把刘连长送出了公社大院。

他俩站在公社大门的石阶上，望着眼前未熟的庄稼。有风从田野吹来，穿过不远的一片竹林，发出簌簌的响声。

杨婉芳用征询又谨慎的口气，向妹妹介绍了刘庆生以及要求见面的事情。没想到杨芬芳大笑，把个脸朝向天空，说：「好呀，我好久好久没进城了，好久好久没吃席了。真想啊！」

姐姐摇着妹妹的肩膀，说：「你的话是真是假呀？人家可是相亲。」

杨芬芳说：「我不开玩笑。见面就见面，不就是想看我长得好不好吗？至于愿不愿嘛，那就是我自己的事了。」这个态度，令杨婉芳很有些吃惊。平素，村里的人都说，杨家姊妹搭配得多好，一个泼辣能干，一个温和守家。情况还真是这样，杨芬芳一年下来的工分，糊口都不够，大半要靠姐姐的帮补。但她心灵手巧，能把个家摆弄得花花绿绿，鲜亮整洁。没见她怎么学干活，一旦干起来，也是有模有样的。

见面时间定在三日以后。杨婉芳临走，递给妹妹一张刘庆生照片，两寸大小，杨芬芳看了看，觉得除了长得周正，表情严肃之外，就没啥吸引人的地方。姐姐好像还说他个子没自己高呢。她把照片夹在新书《青春之歌》里，放在桌子上。走出屋子，站在屋檐下，站了一小会儿觉得无聊，又回到房间，再次翻出刘庆生的照片来，反复端详。刘庆生像个物件摆在眼前，边端详边动了心思：嫁个解放军军官，体面啊，还可以跟着到外面的世界去看看，去过新的生活，日子说啥也比现在强。不嫁他，就继续住在这儿，安安静静地过日子，自己找个中意郎君，也行！但归根结底，她还是想出去，想到外面去。就是这个念头，使她对见面有所憧憬。对这个可以把自己带走的男人，她没有多想，只是觉得见面再说，照片是死的，说不上喜不喜欢。她要见活人，看他长相受不受看，说话中不中听。

夕阳余晖，红得令人心碎。夏日黄昏特别长，等了好一阵，天色才渐渐暗下来。尽管肚子不饿，但也要做点东西吃。看到姐姐放在八仙桌上的几把挂面，杨芬芳决定不煮稀饭了。她拿了一把挂面搁在灶头，自己又忽然高兴起来，觉得也许今天是值得纪念的，命运的转折就从这里暗暗地开始了。踏着轻快的步子，她跑到自留地拔了香葱，刨了一窝青菜，从小笸箩里取了两枚鸡蛋，又找出猪油，酱油，醋，糖，决定做一碗香喷喷的鸡蛋挂面。一切就绪，洗菜，切葱，烧火，掺水，煮开……不知怎么搞的，把包裹挂面的白纸刚撕下，那整把挂面的大半都滑到锅里了。杨芬芳有些心痛，盛出来足够两大碗，她怎么吃得完？挂面的质量一般都不高，第二天「回锅」就全都断了，成了糊糊。她突然想起何无极：我吃一碗，也请他吃一碗，对！多年来，他一直帮自己，从磨菜刀到收拾自留地。

杨芬芳有意把面煮硬一点，很快捞起。扯下围腰，小跑着去何家。何无极正扫院子。她把扫把抢过来，说：「跟我走。」

「什么事？就你家那点小事，等我把饭吃了，再做不迟。」杨芬芳话也不说，拉着他的手就走。

「我把挂面下多了，一碗成了两碗。请你帮我吃碗面，这还不好啊？」边说，边笑。何无极听了也笑，不说一语。

「吔，你怎么不谢谢我？」

「你是叫我帮你吃多余的面，又不是诚心请我。我谢什么？」两人你看我，我看你，又一起笑起来。笑声像袅袅炊烟，轻轻升起又轻轻地散去……

杨芬芳把两个荷包蛋放在一个碗里，递给何无极。双手捧给何无极。他也不客气了，接过来就往嘴里送。

「香吗？」

「香。看来磨刀不行，做饭行。」杨芬芳听了，很得意！也端起碗慢慢地吃起来。

何无极几下子，满满一碗猪油鸡蛋面送进了肚子。见杨芬芳还在吃，便不好意思放下筷子走掉。他走到两屉桌跟前，拧开了收音机，播出的是广东音乐「彩云追月」，云在天上飘，水在心上流，婉转又舒缓。何无极见摆着一本崭新的小说，便拿起翻翻，不料那照片就掉了出来，落在了地上。

他弯腰去捡，杨芬芳看到也赶过去，两人面对面。

「谁？」

「刘庆生。」

「干什么的？」

「当兵的，连长。」

「你们认识？」他再问。

「不。」

「那怎么会有他的照片？」

「姐姐拿给我的。」问也自然，答也坦然，自幼一起才会如此爽快。

「相亲吗？」

「嗯。」

「见过啦？」

「没有。」

「你和他什么时候见面？」

「三天以后。」

「你想和他见面吗？」简直是在逼问，杨芬芳哀哀一笑。

突然，他紧紧攥住她的双手，目光相接，都有一种忸怩和拘谨。何无极向前跨了一步，使出最大的气力将杨芬芳拉到怀里，用恳求的口吻在她耳边说：「你不走，我要你。」

他吻她的眼睛，吻她的脸颊，杨芬芳微微躲闪，但很快地，也被激情感染而变得顺从。他亲吻到她的双唇，杨芬芳温软的唇，轻柔又有力地吸吮着对方。一个吻，顷刻间一个女人身体的全部奇异，似乎都被感觉到了。何无极的心底，涌动着足以掀翻他平静人生的暗流。他从未想过要娶杨芬芳，而此刻实在太渴望她了。何无极在她耳鬓边喃喃道：「芬芳，不要跟他走啊，你给我煮面，我给你磨刀啊。」

「哦，哦。」杨芬芳已无力回答。

他们互吻，彼此激动着对方。不知过了多久，杨芬芳用力挣脱了何无极的臂膀，背转身去，两手捂脸，呜呜地哭了，眼泪从指间滚落。何无极伸出长长的手臂从后面搂住，手掌抚摸着杨芬芳的胸部，胸和唇一样，厚而软。他把自己的头埋进她的颈窝，也流出了眼泪。泪水汇合一起，决堤而去，淹没了他们年幼时的青涩。

自古以来，女人被男人唤醒，男人被女人唤醒。

「明晚，等我。」何无极用手指抹去挂在杨芬芳眼角的泪。

「别来。」

「要来。」

「不要来啊！」

「一定要来！」

杨芬芳怯生生说：「我怕。」

「你怕我？我们打小认识。你怕的，该是他。」杨芬芳知道，这个他指的就是刘庆生。在热烈的坚持下，她的样子就像飘落的一片雪花。

第三节

何老太身材瘦小，白天常咳嗽，夜晚多气喘，谁也没想到，就这身子骨生下一个大男孩儿。何家三世单传，总算有了后代香烟。也没见何老太怎么费心，孩子长得相貌堂堂。造化啊，大家都说她隐忍和顺，才获老天爷的恩赐。她的丈夫身体原本不错，不想居然熬不过有病的妻子。何老太心里清楚，是丈夫心里憋气——人再老实，开会时干部总要点他的名，说他是阶级敌人；人再肯干，分东西的时候总是拿最差的一份。忍不住嘴里嘟囔，被干部听见，还要挨骂受训。

何老太心里清楚，男人可以受苦，就是不能受气。

丈夫偏偏一直受气，还无处发泄，最后都渗进了筋骨。日子越过越艰难了，最终他没挺过来，咽气时对老婆说：「我对不起你，没能让你过一天好日子，我要感谢你，给我养了个好儿子。」遂又叮嘱，「无极，太乖，什么话也不说。太乖的孩子爱捅大娄子，你要多留个心眼儿啊。」

「你放心，有我看着哪。」老伴一边说，一边抹泪。

何无极回到家，径直走到到母亲的房间。对母亲说：「妈，我先做饭，吃完我有事要说。」

银色的月光洒在院落，远处有蟋蟀凄切的叫声。何老太走进他的房间，他的房间简单到简陋，除了农具就是一架旧缝纫机。自打出世，他的衣服都是母亲做的。原先缝纫机搁在母亲的房间，长大后心疼母亲，他把机器搬过来，自己学着当裁缝。别看是小伙子，没几天就会了。另一个显眼的物件，就是一张何无极出生周年拍摄的全家福。那天，进了县城，找到一家最好的照相馆，在师傅的调派下：父亲坐着，怀里抱着儿子，站着的是母亲，三个人神情自然又庄重。配好木质相框的照片原本是放在母亲那里，父亲去世后不久，他把照片拿到自己的屋里。

何老太见儿子平躺在床，两眼睁得大大的，一副出神的样子，心想：这孩子，有心事了。何无极慌忙收摄心神，起身，端来有靠背的椅子让母亲坐下，自己坐在床沿，母子脸对脸坐着。

「无极，你有啥事？」

何无极有些局促不安：「其实我没什么事，就是心里有个想头。」

何老太问：「该不是你看中谁了？」

「妈，你怎么知道？」儿子惊问。

「我是过来人。说吧，看中谁了？」

「杨芬芳。」

「那可是好姑娘，模样好，心眼好。别说你喜欢，村里的男人都喜欢，妈也喜欢。」

何无极的话头停顿了，母亲明白：儿子是陷进去了。她伸出手，摸摸何无极的那一头黑发，说：「是不是觉得自己没希望？」儿子摇摇头。

「那就是觉得自己还有盼头？」

儿子还是摇头。

何老太长出了口气：「你现在是既不能往前走，也不想朝后退，妈说对了吗？」

何无极把身子凑到母亲跟前，说：「我爱她，她也喜欢我。我们不往前走，也不朝后退，行吗？」

「傻孩子，你能一辈子单身，她未必终身不嫁？你俩像兄妹一样玩下去，这可能吗？再说她的姐姐、姐夫能答应吗？就是妈也不同意啊。要不然娶她过来，单是咱们的成分，难了；要不就断了念头，可你动了心，也难了。」

儿子急切地说：「妈，我娶不了她，更舍不得她，今后的日子，我真的不知道该怎么过？」

「我知道，你去灶头，给妈舀碗水来。」何老太联想起老伴临终前的叮嘱，觉得真有必要跟儿子说说男女的婚姻，也要讲讲自己的婚姻。

接过大海碗，她只喝了一小口，自己很久没有和儿子那么靠近。眼前这个大男孩儿，越发地像她年轻时的亡夫，伟岸英俊。

「无极，你知道我是怎么和你爸结婚的吗？」何老太眯缝着眼睛，透过窗户，看了看天边的月色。

「不知道，你从来没提过。」

「是，自从咱家成了地主，还有啥可讲，只盼着你长大成家。」

「妈，那为什么今晚要讲给我听呢？」

「我想要你知道男女之事，先头有多甜，后头就有多苦。」

「妈，你慢慢说，我听着。」

「先前，我娘家是在镇上开小饭馆的。父母只生了我一个，疼得要死要活的。四岁的时候，请了一个老师教我读《论语》、《千字文》，还背唐诗。说女孩儿当男人养，长大了才不会遭罪。老师也开明，除了写字背书，又给我讲《三国》、《水浒》、《红楼梦》。几年下来除了识文断字，我还认准了一个道理，那就是女孩子不分贫富美丑，心里要有主见，遇事要有主意，就算受欺负，起码自己心里明白是怎么回事。我打小身体就不大好，爱喘。父亲带我看过大夫，喝过汤药，可都没见好。后来我就坚决不治了，跟爸说：别为我糟蹋钱了！留着，给我做嫁妆。等我找个好郎君，我一辈子就算有个交代，你们也放心，我也享福。你知道妈讲这话的时候多大？」

「多大？」

「十五岁。」

何无极一下子兴奋起来：「妈，你可真了不起啊！」

「别忙夸我。第二年，我遇到了你爸。那时我家饭馆做的最好饭菜就是桂花饭，也就是鸡蛋炒饭。每一粒米都炒得干酥酥的，油得发亮，米粒和米粒之间谁也不挨谁，鸡蛋和米饭掺和得匀匀的。这叫功夫，也是手艺。饭馆就开在镇边的桥头，过往行人挺多，肚子饿了，叫上满满一碗桂花饭，再加一碗清汤，都说好吃又便宜。后来，我们就专门做各种炒饭了，主要还是桂花饭。做炒饭，用的大米就多。不久，你爸就拿着自家的大米找上门来。师傅一看，再一嚼，连说：好米，要了。以后，你父亲每隔一段时间就过来送米。脚夫挑米，他算账。」

「妈，你怎么看中爸的？」何无极一脸的好奇。

「一个盛夏，天气热闷。你爸又和脚夫一起过来送米，是新米。人刚到，就变了天。亮堂堂的晴午，忽然成了黑夜。一个闪电，正打在头上，大家都不知道该怎么好，白亮亮的雨点，紧跟着落了下来。大雨点砸起许多尘土，接着又是风。风，雨，土，搅和在一起，冷飕飕的，全都乱了。就在这时候，就见你爸脱下短衫，打个光膀子，扛起一袋米朝里走。他的前胸后背，又宽又平，雨点洗过以后，油亮油亮的。我站在那儿就看呆了。心想，我的男人不会是贾宝玉，就是眼前的他了。」

「妈，我和你一样啊。我看中的女人不能是别人，就是杨芬芳了。」

「看中了，男女的事情才叫开头。我把心思跟爹妈说了。他们也知道石壁村的何家是好人家。对你爸，我是铁了心的。什么叫铁了心？那就是不管不顾，不论是非。我们没谈恋爱，很快定了亲。我也知道，今后跟他扯不上三国，说不了红楼，就是过日子。成婚后的第三天，他带我去地头玩。在庄稼地里，突然紧紧攥着我的两只手，看着我的眼睛，说：『不怕你是最弱的一粒谷子，也要把你收进我的谷仓。』我听了，忍不住大哭。他就像老鹰捉小鸡，把我搂进铁扇一样的胸膛。」

儿子羡慕地叹道：「妈和爸多好哇。」

「过门以后，我尽量多吃，吃好，目的只有一个，就是『生』！我得给他生儿子，你爸也明白，老问我想吃什么。有一天，我突然想吃碗蛋炒饭。他不让我做，非要自己炒。等了半日，端上来我一看，满碗有黄无白，还冒蛋腥味。一问，原来人家往锅里磕了四个鸡蛋。」何无极开心地笑了。

「总算感动了老天爷，我生了你。满月那天，家里摆了一桌酒。把你抱出来给村里人看，都说没见过这么好看的小子。回娘家了，大家也高兴，都说我当年太有主意了。就这样平平安安地过了几年。后来『解放』

了，接着就『土改』，斗地主，分田地。何家的日子从此大变，土地没了，耕牛没了。这不算啥，我们也学着当贫农呗。要命的是划成分，戴帽子。为了这事，你爸整宿整宿地不睡，成天价唉声叹气。我劝他，说：生要晴日亡要雨，玉皇大帝不能老给你大晴天，得下场大雨，把咱一家人上上下下、老老小小的福气浇灭。他说：早知道这样，就不娶你了。这一下可好，你是地主婆，儿子是地主儿，都跟我受罪。你娘家镇上开小饭铺，成分上顶多划个小业主。要不然，我们离婚。你回到镇上去。我说：当初是我看中你的。看中你，就是对你死心塌地！后来何家受到委屈冤枉多了，你多少也知道。在把人逼疯的白天，在泪眼相望的夜里，我和你爸更贴心，他把我疼在心窝，我把他刻进骨头。」

「妈，我也要学你，和杨芬芳一辈子。」

「我就是要告诉你——杨芬芳可不是妈啊，也不像妈。她人好，可心软，没有主心骨。要知道现在嫁给地主的儿子，一个女孩子得下多大决心啊！她可没这个决心，也没这个打算。所以杨芬芳顶多能跟你玩，不会跟你过。」何无极一下子愣在那儿，眼前一片迷茫。

「无极，我看人比你准。跟你说那么多，就要你记住妈的一句话，从今晚起，灭了那心事。」母亲走了。

何无极赤身躺在木板床上，感到体内血液汹涌奔流，每一次脉跳，其声如雷，自己都能听到。所有的毛孔仿佛全都张开，在等候抚慰。人一下子亢奋起来，很清楚自己需要什么！他翻身坐起，又躺下。

第二天深夜，他去了。

杨芬芳的门居然是虚掩的。

「她在等我！」何无极顿时心跳加快，似乎听得见自己的心跳。他轻轻地叫了一声：「芬芳……」

无人应答，只有寂静。

「你开灯呀。」

无人回应，唯有月色。

他看到蜷曲在床、从头到脚蒙着灰色床单的杨芬芳。女人是花，迟早会开，这朵花绽放在今夜。这个等候自己的女人，这个突然降临的神话，让何无极激动得发抖。他走向前，靠着她怯怯地躺下。在意外与渴望的双重驱动下，他们相互拉扯，却都没有说话。这个无声的场景，令人分外陶醉。终于，他揭开她紧裹着的床单……在近乎银色的月色下，看到近乎月色的一个少女赤裸的身体，何无极因震惊而战栗起来。女人这样慷慨，男人怎么爱都是不够了。与杨芬芳一个长吻如从悬崖坠落，也颠覆了彼此。他们相拥如同两块磁铁，挣脱了各自先前的束缚，紧密地吸附在一起，每一处都要吸附在一起，不容有任何的缝隙。

何无极轻声说：「你流血了。」

「我痛啊。」杨芬芳呻吟着。

「我也痛。」

啊！爱情是不管不顾的。性与爱把他们带进一个全新的世界，不知道未来是美妙，还是恐怖。

静了，累了。何无极把搁在一边、也揉成一团的床单抖开，搭在杨芬芳的身上。他穿衣起身，不一会儿拿来一条热毛巾，跪在杨芬芳的前面，说：「你把身子侧过来，我给你擦擦，全是汗了。」已是云开雾散，他一边擦，一边用手抚摩着女人身体的一分一寸。而她也不明白——何无极是怎么摸黑找到了毛巾、脸盆。

收拾停当，何无极说:「我要走了，明晚等我。」在她的脸颊轻轻一吻，杨芬芳含羞地闭上眼睛。

他们的情爱浅薄如草，在一片荒原上疯长。

第四节

在县城最好的饭馆。

杨芬芳把碗里的白米饭用筷子拨来拨去，就是懒得往嘴里送。她的心里只装着何无极，装着那黑暗中的激情和场景！自己是何无极的女人了，自那熏风沉醉的夜晚，在那快要令人发疯的情境里，痛彻心扉地感受到爱情的轰然来临。

还没见到杨芬芳，刘庆生就估摸着妹妹会比姐姐好看；可当杨婉芳把站在身后的妹妹推到跟前的时候，他大大地吃了一惊：妹妹竟会这样漂亮？

吃饭的场面有些冷，杨芬芳一直不说话。姐姐打着圆场：「别看我俩一母同胞，脾气可大不一样。小的时候，我这个妹妹能在家呆上一天，一句话不说。邻居过路，还以为家中无人哪。」

赵勇海也跟着解释：「我看芬芳的性情比你好。小心稳重，若办个事情，她会让领导放心。若成家过日子，会让丈夫放心。」刘庆生不住地点头，这话，他爱听。

桌上是四菜一汤，木须肉，红烧豆腐，炒青菜，干烧鱼，西红柿鸡蛋汤。一小瓶烧酒是刘庆生要的，说是要和赵勇海连干三杯。每个人的表情似乎都有点不自然，十几分钟过去了，只有饭菜在冒热气儿。杨芬芳不说一字，可那眼睛总是清清浅浅，带着三分柔情。惹得刘庆生也狂喜，也心慌，不知道该说啥好。自己面对着硬邦邦的战士，可以滔滔不绝，可对面这个软绵绵的少女，他一筹莫展了。军官身份的他，原以为有七分把握。但杨芬芳的沉默与美丽，让他生出节节败退的感觉。原来女人比军人难对付多了！只好不停地说：「多吃啊，你难得来县城。」

杨婉芳额头渗出了汗珠，好不容易找了个话题，问刘庆生：「你的驻地徐州，离上海不远吧？」

「不远。」

「那你该去过上海啦？」

「去过。」

「别说我的妹妹，我也没去过。」话刚出唇，赵勇海瞪了她一眼，太不得体了！这不是在暗示人家——姐妹俩都去逛一趟上海吗？妻子平时为人处世还过得去，今天是怎么啦，杨婉芳已是干部，竟不如乡间妹妹受看？

刘庆生拍着胸脯：「好，我请你们姐妹一同去上海玩一次！」

「不，不。刘连长，你别误会我的意思。你就请我妹妹吧，我还有机会跟勇海去。」其实，她心里清楚，一个公社副书记有多大机会到上海出差？除非调到县里。

她瞅了瞅妹妹，杨芬芳正慢条斯理地用小瓷勺，往自己碗里舀豆腐，一副无所谓的样子。姐姐很有些纳闷：这才隔了几天，妹妹怎么变了？她碰碰杨芬芳的肩膀，说：「人家刘连长请你去上海玩，你愿意不愿意呀？」

「这事，我要想想。」

「去玩，你也要想。」

「这一趟可不是随便玩的。」

刘庆生一听，心就凉了：眼前的美人对玩上海没热情，那不就是表示对自己没多大兴趣？毕竟是军人，难以攻克的堡垒往往能激发出顽强的战斗精神，绝不能轻言放弃。再说了，事情刚开始，战略战术还没用上呢！遂和颜悦色道：「大妹子，咱把介绍对象的事抛在一边，今天我们认识了，就是朋友。朋友请朋友，总可以吧？」

杨芬芳没点头，也没摇头，只是抿嘴笑了。刘庆生知道：笑就是点头，总不能冷场吧。忙又问：「大妹子，平时你喜欢什么呀，是绣花还是听广播？」

杨芬芳又不言语了，气得杨婉芳不客气地数落妹妹：「喜不喜欢，总得有个回话吧，你还懂礼貌吗？」

嘴角一撇，杨芬芳略带讥刺口吻地说开了：「刘连长，你问的是我吗？告诉你，我不喜欢穿戴，所以不会绣花。我不喜欢学习，所以不爱读报听广播。我呀，就喜欢端个小板凳坐在屋檐底下，慢慢嗑瓜子，看着屋跟前的那条小路。」说到这里，藏在心底的何无极猛地浮现出来，他正沿着小路，迎面走来。杨芬芳眼眶红了，不再讲话。

一顿相亲饭，就此收场。

走在县城最热闹的大街上。天上没有云，骄阳似火，显示出盛夏的威力，连空气都是烫的，街边的小贩们无力地吆喝着，一汪汪的污水沿街到处可见。城里树木稀疏，是前两年「大炼钢铁」乱砍的结果。到了一家茶馆，茶馆门脸跟前有一棵罕见的大树。据说是县长下命令不让砍，才留下百年老命。这一下，借着大树的荫庇，茶馆生意兴隆了。谈工作，论婚嫁，解纠纷，下棋打牌，胡聊闲扯，旅人歇脚，都聚集于此。同时，各种消息也在此汇合，再经过一番咀嚼与反复加工，再散发出去。阳光透过大树繁盛的枝蔓，细细碎碎地洒下来，茶客们沉浸在午后的悠闲之中。或泡壶好茶，或单点一盏，微微的苦，淡淡的香。你可以说话，也可以不说，比饭局自在多了。因为饭馆的口味太重，四个人都想喝杯清茶，打算太阳偏西再走。刘庆生有了饭局的尴尬，便去「搬兵救驾」，把老金也弄来。老金也与赵勇海相识，多少也能增添些话题。

不知咋搞的，老金见到杨芬芳心里就感到刘庆生与她不般配，尽管是个连长。但是话题讲到去上海玩的事，却很支持地说：「刘连长可是军官，每句话都是铁板上钉钉子！既然是朋友请朋友，与提亲相亲无关，你何不去一趟？这个机会对你这么个乡下闺女来说，可是机会难得。要不然我去请个长假，顺便去看看我儿子。你和姐姐，我和刘连长，四人一起开拔。」

这话，着实把刘庆生吓一跳，四人行？这开销得多大啊？他心里只想请杨芬芳，一方面一个人好应付，另一方面省钱，留下点「银两」好办婚事。但这个时候一点都不能反驳老金，刘庆生只能充大方，满脸堆笑，说：「好啊，最好再加上赵书记！我们五个都去玩一趟大上海。这一路的开销，我包了！」

杨芬芳笑了：「要这样，我就去。」

刘庆生也笑：「能答应，就好办。」

赵勇海夫妇互相看看，也陪着笑了。茶喝到无味，话说到无趣，就到了散去的时候。出了茶馆，老金放慢了步子，赵勇海有意拉了老金一把。问：「这婚事，行吗？你得给我说句真话。」

老金说：「你问行不行，我当然说行。你问好不好，我就不好答了。」

「为什么？」

「老刘不配。」

「哪点不配？」

「我也说不出一二三。」老金又自语般，道，「我看啊，该娶芬芳的是你，你错把婉芳娶回了家。我要是你，就离了再结。」

「你胡说啥！」赵勇海一拳打在老金的后背。

一桌饭、一道茶的收获是男女见了面，另一个不确定的结果是女方同意到上海玩一次，至于行程，人数，都来不及细谈。杨芬芳急着回家，当刘庆生建议她在县城多住几日的时候，杨芬芳瞪着眼，对姐姐说：「你陪刘连长逛县城吧。我要回家！」

眼看已经生气的妹妹，杨婉芳不敢逗留，相互道谢告辞。一再道谢的人，自然是刘庆生。饭后，尽管他一再要求付账，但赵勇海执意不允，在婚事未成以前，不想在这个远客的身上沾光，哪怕一点点。几杯茶钱，是刘庆生付的。原本他也要付钱，是老金拉他坐下，说：「你也给人家一点面子吧。」

刘庆生想与杨芬芳握个手，谁知伸出手来，人家转过身去。他只好握住杨婉芳的手，连声道：「去上海的事情，一言为定啊！」他的口气已显出惶急来。

「好，好。等我们商量好再通知你。」杨婉芳应酬说。

「大姐，别叫我空欢喜一场呀。」

老金听得不耐烦了：「亏你是军人，太啰嗦。」这一句，搞得彼此无话，终于分手。

赵勇海夫妇让杨芬芳回公社住一夜，明天再回石壁村。回到公社，杨芬芳就变得有说有笑。她把眉毛一扬：「姐夫，今天最好吃的菜是干烧鱼，姐姐做饭就知道用水煮鱼。以后我有钱了，就自己进县城再去那家饭馆，再点干烧鱼。」

杨婉芳不依了：「不是我不会做，问题是住在石壁村，从哪儿弄调料呀？只有猪油，一勺盐外加一把葱，可不就只能煮着吃。为啥我和勇海给你介绍对象，目的就是要你离开石壁，过上好日子。你跟了刘连长，起码能调到公社。你懂不懂？」

杨芬芳一下子愣了。

残阳消尽，星星从天空的深处悄悄出现，又是一个无风的夏夜。没有一片树叶在摆动，只是低垂着，像是在打探什么。回到公社，三人的晚饭是稀饭和咸菜，杨芬芳说自己会熬稀饭，要动手做。赵海勇说，大热的天，不就是锅稀饭嘛，去公社食堂买来算了。

夜深了。赵勇海把房间腾出来，让姐妹俩睡，自己到了办公室，靠在单人床上，眼睛微闭，却无睡意，反复琢磨老金一路对自己讲过的话，刺耳又钻心。

伴随时光流逝而去的忧伤，在心头墨似的洇开。

第五节

杨芬芳决意回家。清晨，连早饭都不吃了。进了石壁大队地界，就远远看见何无极在靠近村口的庄稼地干活。她知道，这是在等自己归来。

「无极！」杨芬芳喊完，就跑了起来。

「别跑。」

走近了，两人我看你，你看我，接着就是笑。

「你笑什么？」杨芬芳问。

「那你笑什么？」何无极反问。

「我笑你傻等。」

两人一前一后走着，何无极在前，相亲的事不问一句。田边开着无数的蓝色小花，青草在太阳的照晒下浓绿浓绿的，草尖闪着金属般的亮光，几只鸟儿在空中飞来飞去。

到了杨芬芳的家门口，何无极说话了：「我一大早在村口等，我会等你一整天，你一天不回，我第二天会接着等，就是要接你回家。」

杨芬芳嗔怪道：「死心眼儿。」

「从那晚起，我是个死心眼儿。你进了县城，我脑子里就只想一句话——还能再见到你吗？其实我随时都见到你，睁眼是你的样子，闭眼是你的身子。」

「我也是……」

也许是掩饰自己的伤感，何无极弯腰扯了一把蓝色小花，举到杨芬芳的眼前，说：「我观察了好久，这种小花从不和别的野花长在一起。要开花，也是自己单开。它也永远挪不了窝儿。这个孤单的植物，就是我。」

「无极，我不是回来了嘛。」

「你好好歇着吧，我走了，得干活啊。」说罢，转身而去。

当晚，以为他会来，没来。她很疲倦了，昏昏然睡去。

又一个夜晚，一个雨夜。大一阵，小一阵，又小一阵，又大一阵地下着，雨水顺着屋檐、墙头、树干滑落。云层很低，暑气不肯消退。细雨下得心烦，杨芬芳早早擦洗了身子，准备睡了，心的深处是等候。她觉得最近发生的事，也着实，也虚幻。当她起了睡意，却传来敲门声——

门开了，随着「无极！」一声唤，她扑倒在他怀里。上苍注定要这对男女经历一场生死般的爱情。尘世至繁，天地至简。他们进入了无语的世界。何无极激情越发地强烈，浑身充满了力量，似乎于瞬间就要爆发。他不间断地吻着，抚摸她丰满光滑的肌肤，这让杨芬芳也激动得颤抖起来。他们都恨不得把对方揉碎，揉成自己的一部分。他们又好似两条鱼，自由自在地追逐，摆荡。在无所顾忌之下，杨芬芳觉得自己已经融化成水。

她在耳边轻轻地说：「你太强了。」

「你太柔了。」四目相视，充满欢欣。

何无极说:「我是一棵树，冬天让你砍下树枝取暖，夏天我用树荫让你乘凉。」

她紧紧搂着他的脖子，深情地：「有你，我死也情愿了。」

「情愿死的是我，因为我的命不好。」

「不许你说『命不好』。」她把头靠了过去，甜蜜地躺在他的怀里。

过了一阵，何无极用一种无所谓的口气，问：「说说你的相亲，他怎么样？」

「不怎么样。」

「什么叫『不怎么样』？」

「就是不怎么样嘛！」

「那你得把『不怎么样』的印象列两条出来，我才信呢。」何无极边说，边用小手指从上到下轻轻地刮她的鼻子，笔挺的鼻子，撩人的鼻子。

「油盐酱醋，总得占一味吧，他啥味也没有，还一副死板相。对我挺热情，可我没热情。他哪儿知道，杨芬芳的热情在这儿哪！」说着撅起嘴巴，说，「亲我！我要你，只要你。」

「那我又好在哪儿？一个地主子女。」

「我们在一起多快活。从小就快活，现在更快活。」说到最后一句，脸刷地红了。

「他的照片还在吗？」何无极又问。

「我把他退给姐姐了。」

「下个星期赶集的时候，我要买细布，选桃花色，给你做几件贴身小背心。」

「你这是干嘛？」

「穿上它，就等于我在你身边。」

杨芬芳不懂了：「你不就在我身边吗？」

何无极是个心重的人，冒出个刘连长，心思更重了，人也忧郁起来。他细细整理着心爱女人的一头乱发，感慨道：「过了今天过明天，以后的日子真的像磨盘一样一圈一圈转悠，一成不变吗？白天邻居，夜里夫妻，我俩能维持多久？我跟妈说了，要娶你。妈让我断了这个念头。她说，我能一辈子不娶，你未必终身不嫁。起码你的姐姐和姐夫就不答应。现在又多出个刘连长。

你不喜欢他，说不准又有张连长、李连长上门。他们当中，总有一个疼你。」

一听这话，杨芬芳哭了，很伤心：「我在你怀里，你就说出这样的话来。」

谈话就这样中止了。

临走时，他拿了桌上的《青春之歌》，说：「这书，我要了。我们找个机会一起进城去拍张照片，把它夹在里面，那就是我们的青春之歌。」

返回自己的家，儿子发现母亲房间的灯亮着。他明白了：一定是母亲已经知道自己夜里的去向。

「妈！我从芬芳家里回来了。」这是他鼓起勇气对母亲说的第一句话。

「你能告诉妈，就好。」

「妈，你骂我吧。」

「妈不骂你，只是担心今后怎么收场啊。」

「我管不住自己了。」

何老太轻轻叹了一口气，说：「去睡吧，明天早起还要出工。」

雨停了，何无极呆望着漆黑的夜色，脸上一片萧瑟。

杨婉芳带话来，后天公社要来放映队放电影，要妹妹跟队上请假，下午就过来一起吃晚饭。杨芬芳想和何无极一起去。收工后，她跑到何家。进了院子就见到何老太坐在屋檐下择菜。

「何妈，我是来找无极的。约他后天一起去公社看电影。」

「芬芳，他还没回来，也快了。你坐啊。」

杨芬芳挨着老人坐下了。何老太看了她一眼，叫了起来：「难怪无极喜欢你，我也喜欢你。真是百里挑一的美人啊。知道闭月羞花、沉鱼落雁吗？你就是了。」

「何妈，别瞎说了，我哪儿配呀。」

「怎么不配？」接着，话锋一转，对杨芬芳说，「你俩的事，无极跟我说了。你跟姐姐提过吗？」杨芬芳摇摇头。

「是不敢提吧？」何老太索性直截了当了，「这种事主要还是在于你自己有没有主意了。」

「我还没主意呢，可我俩打小就要好，全村都知道。」说罢，她起身了。自己已被何老太盘问得不大自在，她也说不清楚什么缘故，心里有点怕何无极的母亲，便说：「我不等了，何妈就替我带个话给他。」

电影天黑才放映，杨芬芳与何无极却在太阳落山以前到了公社。公社有南北两个门。南门自是正门，面对着通向县城的公路。北门则连着一条弯曲的石板路，路的两则就是店铺，大约有个十几家。紧靠公社的一家店铺是供销社，摆着农具和日用品。靠着供销社的是小酒馆，里面有两张桌子，这里主要卖散装酒，酒用坛子装，盖子用红布缠着。不管揭不揭盖子，酒店整日都弥漫着酒香。还有个面馆，有个茶馆，有个小理发馆，也还有个布店。

看电影在乡下算是大事，喜事。两天前公社就发了通知，轮流到各个大队去放映。由于石壁大队紧挨着公社，队社合一，就在公社大院里放映。过了中午，就有孩子们到乡村公路去等放映队。人来了，孩子们就跑着、跳着，飞奔过去。到了公社院子，大人小孩都主动帮忙，拉银幕，扯电线，绑喇叭。公社自然给放映队准备晚饭，有酒有肉。把这些事情做完，人们就该忙着为自己一家人占位子了。何无极对电影的兴趣不高，都是看过的老片子了。他趁着夕阳未落赶到这里，就是要给杨芬芳买布。在何无极的坚持下，杨芬芳到了公社，没先去找姐姐。他们径直到了布店。布店的两面墙整整齐齐码着布匹，一边是像蓝、黑、灰等颜色的布，布也比较厚；另一边则是浅色的了，像浅蓝、淡绿、橘黄等颜色，布料也薄。因为晚上有电影，这条石板路的人也比往日多了，提前来到这里，也不止他俩。既然来了，不管什么店，不管买与不买，都要进来看看。所有的人都是快活的，认识的相互打招呼，开个玩笑。石壁村的几个女孩子也来了，一眼看到杨芬芳。其中一个高声问：「你买布吗？还是你的无极哥买呀？」平素，听到这类话，杨芬芳会用同样的玩笑话回敬。这次，她心里竟有些慌张。

桃色的细布，有两种：一深一浅。买哪种？杨芬芳拿不定主意。何无极低声对她说：「背心贴身，摩蹭又出汗，加上常洗常晒，几下子颜色就退了。买深点的吧。」

颜色定下来，何无极连价格也不问，对店主说：「我要两丈。」

店主喜出望外！把布卷抽出来，平放在一张大桌上，一手一手地扯布，一手一手地量布。何无极又叮嘱：「别把布扯那么紧，下水要缩啊。」

店主咧着嘴笑了：「只要不赔钱，尽量往宽里量。保管让你俩满意。」

那桃色的布，如浪涛一般翻腾，又似花瓣缤纷而落。杨芬芳深情地望着何无极——这个总使自己快乐的人。这时，从布店门口晃过一人。当他辨认出这对青年男女，便停下脚步，布店店主正要招呼，却又很快地走了。何无极把钱交清，俩人出了店门。

杨芬芳说：「无极，我们一起看姐姐，就在她家吃晚饭。」

「不，我们一起去面馆，我请你吃。」

大肉面，这是面馆里最贵的一种，何无极给杨芬芳要了一碗，自己吃的是鸡蛋面。他们对面而坐，彼此望着，不怎么说话，却非常惬意。天热，何无极把面条吃了，碗底只剩下一点面汤和零星的葱花。杨芬芳吃得慢条斯理，她喜欢他陪着自己，不仅在深夜。何无极打量了一下小饭馆：一口大锅煮着面，一口小锅煨着猪排骨和腔骨，一大笸箩装着手擀面，一个小笸箩里装着新鲜鸡蛋，还有几个瓶瓶罐罐，里面装着盐、糖、味精、酱油、醋。看着，何无极感慨起来，探过身子、压低了嗓子对杨芬芳说：「我娶了你，一定能养活你。你看，开这么个面馆多简单，只要公社让我们干。我还不耽误咱们的自留地。」杨芬芳笑了。

「笑啥，不相信？」

「我当然信啦。」

付了面钱，何无极说：「你和姐姐、姐夫一起看电影吧。要是放一部，你还可以回家，要是放两部，你会看到下半夜，那就住在姐姐家吧。我要赶回家照顾母亲。」杨芬芳点点头。她知道：即使他留下来看电影，两人也不能坐在一起。

对着空碗，她想：爱情是啥？就是一种说不出、道不清的美妙滋味……

第六节

自从听老金说了句「该娶芬芳的是你」以后，赵勇海也不怎么搞的，脑子里常闪出杨芬芳的影子。凑巧在布店碰到杨芬芳和何无极在一起，他突然觉得内心多少有些失落，有啥失落？从未得到过，有啥失落？自己也闹不清楚了。

回到家里，他只是对妻子说：「都这个时候了，芬芳怎么还不来？」

「是呀，她早该来了。」

「炸点花生米，我想喝点。」

「你想喝酒？大热的天。」

「想喝。」赵勇海回答。

杨芬芳来了，进门就说：「我不太饿，喝碗稀饭就行了。」

姐姐说：「今晚，姐夫可把你当贵客了。你看，我把下酒菜都备好了。」

「喝起来，还看电影吗？」

赵勇海说：「喝完再看，第一部是老片子了。第二部《青春之歌》，才是新的。」

杨芬芳几乎跳起来：「哦！《青春之歌》，那我要看！」又走到赵勇海跟前，直直地望着他说，「姐夫喝，那我也学着喝一口。」

「好！」赵勇海觉得她哪怕是一个眼神，也是万种风情。

看电影的时候，杨芬芳并没有和队里的姑娘们在一起，而是和姐姐、姐夫坐在预留的给公社干部的排椅上。她被《青春之歌》里的女主角林道静义无反顾地追求自由、爱情和事业，感动得一塌糊涂。夜风袭过，银幕似风帆，上面的人影飘摇荡漾，杨芬芳的心也荡漾飘摇起来。回到姐姐家，兴奋劲头儿还没过去，双颊变成了桃腮，灼灼燃烧。她舀了碗凉茶，拿了一碟葵花子，喝着，嗑着，回味着。和刚才的喧闹相比，现在虽只剩下安静，四围充溢着一种令人宽慰、疏朗的气氛。《青春之歌》仿佛是一股清风，直入心底，她希望电影永远放下去，接着讲述林道静以后的故事。自己恨不得生出双翅，跟着林道静飞到遥远的城市，飞到美丽的海滩，去做比种地、当社员更有意思、也更有意义的事情。

她一手托着腮帮子，慢悠悠地对姐姐说了一句：「我想去上海。」

「真的？」杨婉芳喜出望外。

「好啊，我支持。」人的心理状态总是幽微而私密，赵勇海也想让杨芬芳尽快离开。因为冥冥之中，自己似乎预感到这个像浆果一样成熟的、柔软的、精血旺盛的女人，非同小可。她那很不一般的脸就明确告诉你：以鼻为界，鼻之上的栗色眼睛给人的印象是随时可以打动你的沧桑感。鼻之下的嘴唇是带着持久刺激性的青春感。这个面相充满诱惑，也极富变数，也就是说：你贴近这个女人，可能得到幸福，也可能收获灾祸。何况，自己工作前途正好，必须也只能过琐碎的日子。

第二天一大早，杨芬芳就忙着离开公社。跨出大门的时候，赵勇海对她说：「我会立刻通知刘连长，说你愿意去上海玩一趟。」

「姐夫，我只是去玩，别提婚事。」

「我懂。」赵勇海望着她的背影，决定尽快促成此事。

到了村口，杨芬芳不觉放慢了步子。云无心，风无心，自己怎么就有心去上海了呢？这样的事，能不跟何无极商量吗？至少要先跟他打个招呼才对。只怪自己太冲动，看了部《青春之歌》就啥也不顾，也要学林道静去闯荡世界。问题是自己实在是太想去上海了，哪怕只去一天，踩一脚柏油马路也好。假如刘庆生不是来提亲的，就好了。请他带自己，也捎上无极，多美啊！去上海！这个突如其来的渴慕，简直无法克制，也无法打消。

无论如何，她要跟何无极好好说说，在不嫁刘庆生的前提下，让他同意自己去上海。

傍晚，杨芬芳在自留地给青菜施肥，她干得很细很慢，有意等着何无极收工时路过。太阳渐渐落下，白天那种窒息人的热气，开始退去。田蛙在远处的池塘，一声一声地叫着。

何无极扛着锄头，径直朝杨芬芳走来。到了她的自留地，拿着锄头就干起活来，顺便问一句：「是早上回来的吗？」

「无极，你知道昨晚第二部电影是啥？」

「听昨晚回来的人说了。好后悔，真该去看。」

「我记得你妈也没要你每天晚上都陪她啊。」

何无极笑了：「说陪我妈，那是骗你。真正的原因是想赶回家，趁着太阳没落山，把那两丈布下水，晾干。我要叫你早点穿上。」

自有了「那一夜」，连杨芬芳自己也不清楚到底需要什么，需要多少，为什么何无极总能唤起内心的柔情？她与这个年岁的女孩子一样，脾气执拗却心性柔弱，有毫无来由的忧伤，也有莫名其妙的甜蜜，更多的是春水泛滥般的爱意。

何无极低声说：「今晚，我要给你身子量量尺寸。」

她的脸刷地红了：「呸，你还用量？」

「要量，要细细地量。」何无极笑着，扛着锄头走了。

杨芬芳忽然想起来：自己要去上海！刚才咋忘记说了？

即使无雨无光，青春之花朵也要怒放。以往的幽会大多在床上，这次何无极要量身子的尺寸，非要杨芬芳站着脱去衣裤。她有些害羞，左推右挡。毕竟是情人了，钥匙在手，锁已打开。夜风吹去薄纱，一个天仙般的人儿呈现在何无极眼前。不敢相信，女人站立着比睡卧着更显出雕塑般的莹润性感。他激情难抑：「我的宝贝，我的肉……」他抱着她，轻移脚步，挪到靠近墙壁的地方，猛地伸手拉了一下灯绳。房间霎时大亮，「啊——」杨芬芳张皇失措，赶忙捂着脸，央求道：「关上！关上！」

何无极用身体挡住墙壁，就是不让她靠近灯绳，两人僵持着。何无极看着她的娇羞之态，内心生出一种近乎神圣的感觉：「你不知道自己有多漂亮。」

「管它漂亮不漂亮，被人看见怎么办？你快点量。要不，我真的生气了！」

「我就看三分钟，怎么样？」

「不，一分钟。」

「好，按你说的，两分钟。」

杨芬芳发现，他只是看自己，却不量尺寸：「你怎么不量？快点呀！」

何无极笑了：「你的尺寸，我还用量？第一次的时候，我就搞清楚了。」

「坏蛋！死鬼！」杨芬芳扑过去用拳头打他前胸。

「我就是坏蛋。」

何无极觉得很奇怪，杨芬芳即使站立也是软若无骨，柔如丝绸，两人四目对视，静立不语，却都不由自主地欢快起来。须臾之间的生命，就是彼此的渴望；唯一的冲动，就是交换各自生命中重要而隐匿的部分。他们像两棵直立又旺盛生长的小树，枝叶相缠，根须相交；又如春天的耕作，要扎进泥土的深处。

杨芬芳趁其不备拉了灯绳，霎时眼前一片漆黑。他们依旧紧贴，交融一体。

两人逐渐平息下来，赤裸的杨芬芳坐到床沿，用双臂围拢何无极。说:「有件事，我要跟你说。怕你生气，我又不敢说。」

「有什么事，我会生你的气？」何无极抚摸着她光滑的双腿。

「我想去上海玩。」

「是那个姓刘的，请你吧？」何无极那双黑色的大眼睛在黑暗中闪着光。

「最初，是他提出来去上海。我没答应。可是看了《青春之歌》，我就特别想去上海玩。我跟姐姐、姐夫说了。这次是去玩，就是玩！不跟婚事混到一起。」

「是你姐姐、姐夫带你去？还是他带你去？」

「也许是姐姐和他。」

「别说什么『也许』，给我一个准数。」

杨芬芳答不出来。

「芬芳，只要你去了上海，在他看来，这个口子就叫撕开了。我担心以后的事，恐怕就由不得你了。」

谁都没再讲话，但两人的情绪都很紧张，心也都紧绷着。何无极俯下身来，吻着杨芬芳眼睛，说：「不想让你去，就是怕你离开我啊！懂吗？」

「我懂。」

「天地那么大，可我只有你。」

「无极，我也只有你。」他们相拥着一起倒在床上。月落而星沉，风起而潮涌。

何无极坐在缝纫机前做背心，手推脚踩，头也不抬。自打知道杨芬芳要去上海，心情就不好，有一种不祥的预感，挥之不去。一连几个晚上，怎么也睡不着觉，即使半夜从她那里回来，浑身筋疲力尽，也是难以入眠。他跑出家门，一个人站在葱茏的小树林里或山丘顶上，呆久了，觉得自己变成了一株树，一棵草。满心的孤独和满腹的惆怅，随着脚下的草、头顶的云蔓延到很远、很远的地方。如果顺着杨芬芳的房子看久了，他的心就会像针扎指尖那样，钻心地痛，一下，又一下。

「孩子，你这几天瘦了。」说这话的时候，何老太已经站在儿子身后。

「妈，我这是在给她做几件背心。」

看着像堆成小山一样的桃色细布，何老太问：「你要做个七八件吧，为什么要做那么多？」

「不为什么。」

「是不是要分开了？」

「妈，我的什么事情都瞒不过你啊？」机器停了，何无极仰着脖子，长出一口气。

「这是我猜的。」

现在唯一可以说话的人，就只有母亲了。他把刘庆生提亲的事说了，又把杨芬芳要去上海的事也讲了。母亲拿起一件做好的背心，看了看。说：「我想这是你给她的头一份礼物，也是最后一个纪念。」

「妈，你是成心说狠话，好让我断了念头吧？」

「不，我从心里盼着你们做夫妻，可我儿没这个福气。何无极赛过刘庆生，可地主儿敌不过解放军。收吧！现在不收，以后想收都收不住了。」

儿子握紧拳头，猛捶着自己的胸口。

第七节

秋天，柔和的阳光，绚烂的季节，它把金黄色、橙褐色、紫红色掺杂在最后的深绿之中。树林深处，孤单的小鸟怯生生地叫着。晴空万里，不冷不热，这是一年最好、最美的时光。

杨芬芳高高兴兴跟着姐姐到了省城火车站。当刘庆生递到她手里是一张车票的时候，傻眼了：「姐，你不去呀？」

「我不去，你怕啥。他又不是老虎。」

「姐，就我一个去的话，那我就不去了。」

杨婉芳把她拉到一边，拉下脸，说：「为了你，我和赵勇海从夏忙到秋。你以为简单呀？告诉你，事情是一连串的！你去上海得有钱，你得有地方落脚，你吃饭得有全国粮票，你得有人陪着。走到哪儿，还都要证明。你一个毛丫头，有吗？别说你没有，我也没有啊。这都靠姓刘的。你和他玩一趟，兴许就有了感情。再去他的军营看看，你就会觉得做军人家属的光荣。」她把嘴凑到妹妹的耳边，说，「这次老刘来，已经和公社的几个头头说妥了，结了婚就把你调到公社。」

「我能干啥？啥也不会。」杨芬芳低声说道。

「当个保育员。弄几个小孩，讲讲故事，唱唱歌曲，跳跳蹦蹦。老刘说了，事情办成，他自掏腰包，送公社一架风琴。」杨芬芳听得心慌，什么话也说不出了。

杨婉芳从钱包里掏出八十块钱，递到妹妹跟前：「把它收好了！这是我和姐夫送你的，一路上你也会有自己花钱的时候。知道你和何无极打小就要好，也给他买个礼物吧。」

这一切，吸引力太大，攻击力太强，她来不及思量，也无法抵挡，乖乖地顺从了。

她走在刘庆生的后面，一步紧跟一步。车站大厅里乱哄哄的。每个人或手提行囊，或肩扛背包，无不是行色匆匆，迎面来的人看来都是神情紧张，即使撞到你，也是腰身一闪，随即消失在人流中。旅客再多，声音再大，但杨芬芳觉得都与自己毫无干系，不像在石壁村，彼此认识，人人相通。进到候车室，所有的座位都被占着，没一个是空的，那些老人、小孩和妇女，似乎个个面带倦色。上路，远行，就一定非常辛苦吗？她刚想到这里，被刘庆生拽了一把，拖进另一道门，抬头一看：门楣上写着「军人候车室」五个大红字。门口有人把守，查完车票，遂指着杨芬芳，问道：「她是你什么人？」

「爱人。和我一起返回营地。」既是不容置疑的干脆，也是理直气壮的谎言。杨芬芳站在身后，动也不敢动。

这里干净，有序，也安静，士兵避让军官，下级谦让上级。和刚才的情景相比，有天壤之别。杨芬芳像来到安全岛，心里踏实多了。见到满屋子的军人，自己又有些不大习惯，真想找个角落藏起来，喘喘气，歇歇脚。

又是军人优先，当别人还拥挤在检票口的时候，他俩已经登上了车厢。刘庆生买的是硬卧，一个下铺，一个中铺。这是杨芬芳第一次坐火车，她没想到火车上还有床铺，可以睡觉。床单，枕头，被子，全是漂白细布，比自己家里用的还好。还有水瓶，渴了随便倒水，还是温的。她把手提袋放在显眼的位置，兴奋地在车厢里走来走去，每个窗口探头都看看。

对面的铺位是一对夫妻带着一个男孩子。那女的盯着杨芬芳紧看，杨芬芳看她的时候，她就把眼光转到别处；等过了会儿，眼睛又盯着看。趁着杨芬芳站在玻璃窗看着迅速后退的树林与山坡的时候，她问刘庆生：「是你的爱人吗？」

「是。」

「真漂亮！」

刘庆生不好意思地笑了。

「几年了？」

「刚过门。」

那女人笑着说：「好好看住了。」

「我用不着看住，一来是军婚，二来她很纯。」说这话的时候，刘庆生心里不大高兴。

杨芬芳本就不爱说话，到了生疏的地方，遇见生疏的人，简直就是金口难开。幸好有个小男孩，她就逗着他玩。见此情景，那女人又开口了：「那么喜欢孩子，你们赶快生一个吧。」

顿时，杨芬芳目现惊恐，脸色也黯淡下来。她睡到自己的铺位上，闭上了眼睛。朦胧之中，何无极踏着五彩祥云，披着万道霞光从而天降。

「昨晚睡好了没有？」这是她醒来后听到的第一句话。

「夜里，你几次把毛毯蹬开，我给你重新盖好。」这是刘庆生说的第二句话。

「哦，」杨芬芳多少有些不好意思，「我一点也不知道。」

等她梳洗完毕，他又说：「我们吃点早饭吧？」她点点头，算是回答。

早饭是稀饭一碗，小馒头两个，咸菜一碟，一小牙儿咸鸭蛋，杨芬芳没吃饱，因为昨晚早早睡下，晚饭没吃，一早就饿了。要是面前是何无极，自己就会嬉皮笑脸地嚷嚷：「我没吃饱啊！你不是养我吗？」而面对刘庆生，她一点说话的兴致也没有。

上海，到了！

杨芬芳的两只脚，终于踏上了柏油大马路。公共汽车，有轨电车，小轿车，货车，自行车，不断地驶来，又不断地驶去。高高的楼群，滚滚的人涛，一派逼人的光景，非但看不过来，还心生恐惧。交叉路口有变换不停的红绿灯，还有手势打个不停的交通警察。她下意识地捏紧旅行包，眼里闪动着新奇、兴奋的光亮。过马路的时候，她不由自主扯住刘庆生的衣袖，害怕被车流吞没。这一天，天气特别的清美，天蓝蓝的，没有一丝云。太阳透过凉爽的空气直射下来，让人感到秋阳的温暖。刘庆生像个导游，告诉她这里叫什么街，那里是什么路，还有「里弄」,「石库门」，她记都记不住。闹得厉害，乱得厉害，千种声音，万般样态，都在苍天覆盖之下。这是另一个世界了！她喜欢这一切。

到了一条巷子，两侧是两三层高的旧建筑，走进一栋老房子，杨芬芳才知道，原来这是一个招待所，也是他们下榻的地方。厅堂门口竖着一个牌子，写着：来客请出示证明，本所兼包客饭。杨芬芳突然回想起姐姐在车站讲的话——「走到哪儿，还都要证明。你一个毛丫头，有吗？」

轮到他俩了。窗口里的人，问：「有介绍信吗？」

「有。」

里面的人扫了一眼，问：「要什么房间？」

「两个人住的。」

「大床还是两个床？」

「大床。」听到这句话，杨芬芳几乎站不住。

「你俩有证明信吗？」

「有。」刘庆生从上衣口袋里掏出红色结婚证，递了进去。

手续办完，刘庆生接过钥匙。杨芬芳将结婚证抢到手里。定睛一看：是真的！落款处还有红色公章——天塌了，心里一下全空了，她的脑子陷于混乱，但有一点很清楚：这是姐姐、姐夫搞的鬼！她转脸向着刘庆生，瞪大了眼睛：「你们合伙骗我！我说得明明白白，这次来上海，和婚事无关！」

刘庆生一言不发，两人面对面，是难堪的对峙和僵持。

恼怒的杨芬芳，大喊：「你睡大床，我回石壁。」旁边的几个登记的人像看现场即兴表演一样，看着他们。

杨芬芳冲出大门，刘庆生跟着她，一起来到大街。杨芬芳停住脚步，她想走，但不知道朝哪里走。条条是路，又都不是路。

「杨芬芳同志，你可以回石壁，但是我刘庆生先要说清楚两点。一，不开这个证明，你到上海来玩是寸步难行。二，我不骗婚，你睡大床，我睡地板，我也不是金刚不坏之身，但我可以等，直到你愿意嫁给我。」刘庆生口气严肃，神情严肃。

杨芬芳刚才被掏空的心，一下子又都塞满。忽虚忽实，急跌急涨，没有定心骨的她没了主张，而此刻，唯一的选择大概就是返回招待所，赶快了结「到上海玩」的心愿。她眯缝着眼，不说一句。刘庆生判断，情势已趋向缓和。

「我以军人名义保证，对你秋毫无犯。行了吧？」有这一句，杨芬芳又顺从了。

下午，他带路逛了南京路，杨芬芳从未见过这样的街，这样的店。眼花缭乱，目不暇接。她不再掩饰自己的兴奋和激动，东张西望，停停走走，两眼放着光，脸上洋溢着笑。与此同时，自己也明白了一个道理，世界上原来有两类人，一类是石壁人，另一类是上海人。这个界限从你一生下，就划分好了。你想跨都跨不过去！你喜欢上海嘛？顶多住几天，吃几顿，买几件，最终还是回到老窝，继续做石壁人。而刘庆生呢？有足够的耐心等候，也有充裕的时间陪伴。谈不上稳操胜券，但已是胜利在望，他在期待「奇迹」的出现。奇迹是啥？奇迹，就是极难做到的事情做到了；奇迹，就是极不可能发生的事情发生了。

来到一家门脸不大的内衣店，刘庆生对她说：「进去看看，给你买样东西。」

「这个店里卖啥？」

刘庆生神秘地说：「进去你就知道了。」杨芬芳进去就呆了，在农村最不能让男人看的东西，怎么到了这里都堂而皇之地「挂」了出来？顾客基本是妇女，挑挑选选，叽叽喳喳，好不热闹。

刘庆生挤到一个柜台前，对女服务员说：「我们想买胸罩。」

「谁用？」

刘庆生指着杨芬芳：「她用。」

女服务员打量了一眼，问：「你知道自己的号码尺寸吗？」

茫然的杨芬芳回头问刘庆生：「她说啥呀？」

刘庆生上前一步，笑眯眯说：「她是第一次用。」

「啊！我知道了。」女服务员说，「这位女同志，我拿两个尺寸的胸罩，你先试试。」见她手里的物件是白布缝制的，用料不多却剪裁复杂，奇形怪状的：有两个浅浅的像口袋又像漏斗的东西，四周和几条细带子相连。

「你跟我来吧！」杨芬芳被带到一个很小的房间，四壁都安着镜子，亮晃晃的。女服务员推她进去：「你自己先试，不合适再叫我。」说完，就要走。

「别走呀，我不会试。」说这话，她满脸绯红。

「那好，我帮你戴上，别不好意思。」看到杨芬芳玉色肌肤和丰满的胸脯，女服务员赞了一句，「你好美。」

胸罩戴好，衬衫穿好，再往镜子里一看，杨芬芳自己吓了一跳，一个胸罩竟然能把全身的线条都改变了，直变曲，低变高，身材笔挺，站姿变了，整个人也都精神了许多。

「你就这样戴上出去，让他看看。」女服务员也为她高兴。

刘庆生看到不一样的她，觉得自己做了一件极其成功的大事。他上前握住女服务员的手，感激地说：「谢谢你为军属服务的精神。」

一共买了两个，刘庆生付了钱。这时，杨芬芳在招待所登记时的不快与愤怒，开始淡去。

刘庆生用坚定的口气说：「去逛城隍庙，我们去吃东西！」秋风残照，日已偏西，她也有了饿的感觉。

先吃宁波汤圆。咬了一口，杨芬芳欣喜不已：「汤圆那么小，可里面还有馅啊！」

「只要你满意，我就高兴。我们都是有今生没来世的人。」刘庆生后一句话，听来像远处的钟声，沉沉的。

又吃南翔小笼包。「啊，全是肉啊！我从来没吃过这么香、这么好的包子。」杨芬芳几乎喊起来。

「你可要吃饱，过了这个村，就没那个店啦。」刘庆生看着她欢快的样子，心里真舒坦。

再买五香豆，杨芬芳边吃边走……到处都是丰沛的生机和无穷的乐趣，自己过去真是白活了。夜幕降临，大城市的喧嚣退去，展示出一副柔和的情调来。一路上，刘庆生很少说话。回到招待所，刘庆生从厅堂拿了份当日的《文汇报》，开了房间，转身对杨芬芳说：「你快去女浴室洗头洗澡，还可以在浴室洗衣服。然后，上床睡觉。」

「你呢？」

「我在这里喝茶，看报。夜眠七尺，日食一升。当兵的打地铺，早习惯了。再说，能睡在你身边，我已知足。」他知道，上海的新景象、新生活，已经把杨芬芳的身心塞得满满的，自己无需再讲什么。

她睡大床，他卧地板，秋毫无犯。

第二天，继续逛街，各有各的目标：杨芬芳盘算着要给何无极买个手表，作为礼物；刘庆生一心要给杨芬芳买一件大红上衣，作为婚装。

出了招待所，刘庆生笑吟吟地对杨芬芳说：「我们的战士碰上到上海出差的人，总托他们要买两样东西回家带给亲人。你猜是哪两样？」

「上海什么都好，我怎么猜得出来？」

「让我告诉你，一是衣服，上海的衣服料子好，样式好。二是糖果，味道好，还不贵。今天，我们去买衣服，你一定挑件好看的。」杨芬芳没表示反对。刘庆生估计她会同意的。果然。

他们在几家大百货商店的服装柜台看来看去。刘庆生锁定红色，理由是：「红的最配你，其他颜色都差点。」又建议，「要买就买灯芯绒的。价钱贵了点，但没关系。它比平布高级多了。」杨芬芳心花怒放，这辈子没穿过灯芯绒。这次，她要买，还要穿。多美！遗憾的是，她的身材太高，而上海衣服的尺寸都偏小。刘庆生当机立断：「咱买布现做！」口气坚定得像是在做决议。

确实也是决议。他们先来到一家布店，上海的布店比比皆是。单是一个红色，就好多种，酒红，洋红，桃红，粉红，橘红，深红，印度红……杨芬芳简直看不过来。刘庆生对售货员说：「我们要大红！」

杨芬芳把大红布料移到到阳光下看看，说：「太扎眼了，在石壁穿它，还不得把别人的眼睛都扎瞎了。」

「谁说在石壁穿？买了衣料，就在这里找个裁缝铺做。多给一块钱，明天你就可以穿在身上。」杨芬芳同意了，买大红色灯芯绒，足足扯了八尺。刘庆生付了钱和布票。

随即，俩人到不远的缝纫店，量身定做了外衣，刘庆生特别叮嘱，一定要「掐腰」，那师傅笑着说：「别担心，明天下午来看，要多漂亮，就有多漂亮。」

事情按计划进行。刘庆生说：「我们该买糖了，去冠生园。」

大白兔奶糖，花生牛轧，黄油白脱，水果硬糖，这些最有名、也最好吃的糖果，刘庆生一下子买了许多斤。他还剥了一粒花生牛轧，让杨芬芳尝。

杨芬芳嚼了嚼，就叫了起来：「真好吃，嚼一下，就是满口的奶香，不断地嚼，就有不断的奶香。我要带回去，慢慢吃。」

「我就是给你买的嘛！」

「谢谢。」

「对我，你还用谢？」她没有反驳，刘庆生很高兴。

抱着沉甸甸的糖果，刘庆生建议：「我们还是先回招待所，把东西放下，再接着玩。好吗？」

这时，杨芬芳就像一个听从指挥的战士，跟着他走。人生所以快乐，只因为不记得过去，不晓得未来。

午饭，就在招待所吃的。米饭炒菜，刘庆生要了一个雪里蕻炒肉丝，一个鸡蛋炒番茄，高汤，两碗大米饭。杨芬芬觉得上海的饭菜太好吃了，连大米饭也比家里做的香，不禁说道：「上海货好，怎么上海的饭菜也好？」

「好吗？我保证会让你吃上好饭菜。我有好多全国粮票，端给你的都是一碗一碗白生生的大米饭哟！」杨芬芳微微一笑，没说啥。她知道，粮票比钞票重要。

下午，杨芬芳说要买手表。刘庆生说：「最好的钟表店叫亨得利。要买，也是我给你买。」

「不，我自己买。」

「为什么要自己买？」

「不为什么！」说话的口气，一点不容商量。

「好，好，自己买来自己戴，我给你当个参谋，总可以吧？」

杨芬芳一笑。

到了亨得利，墙上挂的，橱窗里摆的，货柜里陈列的，全是钟表。她的脚都不知道该朝哪个方向走。刘庆生告诉她：女表在一边，男表在另一边。

「我买男表。」

「你买给谁？」

「不给谁，自己戴。」她说得斩钉截铁。

听着这强硬的口气，刘庆生忙说：「也好，男表的表盘大，看得清楚；你手腕比较粗，也好戴。」

售货员问：「你要什么牌子，什么样式？」

杨芬芳说：「我要买一块八十块钱的表！」

刚好有一种上海表，价格正是八十元。杨芬芳看了看，即说：「我就买它。」

是她自己戴吗？心存疑虑的他，觉得还是暂时不问为宜。

入夜。晚饭后刘庆生带她来到外滩，去看夜色中的大上海。星星在夜空闪烁，林荫道上游人笑声和情人的细语，很撩人心魄。挟着凉爽的微风，吹过哗哗作响的梧桐树，吹过闪着亮光的黄浦江，也吹过杨芬芳滚烫的面颊。

刘庆生轻声问：「你看，上海外滩的夜色是最美的。」

杨芬芳也叹道：「是美，我从来没见过。」

刘庆生一把攥住她的双手，动情地说：「芬芳，嫁给我吧！」

杨芬芳低下了头，脸红红的。

「嫁给我，我会让你过上好的生活。」

「我知道。」

「知道就好。你对我有什么顾虑吗？「

「我没顾虑，你人也挺好。」说罢，把头扭到一边，她害怕继续这个话题。

有人说：如果想要结婚，当把一切情况想到最坏，再做决定。可惜杨芬芳没这脑子。

第八节

清晨，杨芬芳拥着薄被，坐在床上。已经起来的刘庆生情不自禁站到床沿，将她拉过来。杨芬芳用手臂推，一点也推不动。刘庆生用手掌托起她的脸，对着那渴望了许久的双唇，把自己的嘴死死地压了下去。

杨芬芳想喊，一点也喊不出声。这是上海，是招待所。他们是夫妻，是领了结婚证的夫妻。刘庆生把她按倒在床，隔个被子，全身扑了上去。杨芬芳急了，用脚使劲地又蹬又踹。刘庆生抓住她的乳房，说：「告诉你，我们是夫妻。可现在我不会动你。」

「你出去呀，我要起床。」

「好，我去办退房手续。」

等刘庆生回到房间，杨芬芳不仅起了床，而且把自己手提袋都收拾停当。刘庆生说：「上午，我们取了新衣服，搭车去徐州，看看我所在的部队营房。到了那儿你才知道我是什么人。」

「在徐州呆几天？」

「我们会在那儿举行一个简单的婚礼。」

「原来你们把什么都铺排好了，为什么不告诉我？」杨芬芳问话显得那么无力。到了这一步，说是大梦初醒，可也是水到渠成。

「婚事和战事一样，战前要有周密安排，又要能抓住时机，才有获胜把握。当时告诉你，你肯定不愿意，现在我问你，就差不多。对吧？」

杨芬芳更无法回答了，她能说啥？有如游到河的中流，两岸都有美景，梦想着两边都得到，行吗？放弃纯情，面向现实，物质成为人生的安慰和自欺的借口。

来到营房的大门，杨芬芳着实吓了一大跳。一群战士蜂拥而至，大喊：「连长回来啦，也把新媳妇带回来啦！」接着，就七嘴八舌说开了——

「嘿，真是大美人！比年画上的还好看。」

「连长，你从哪儿找的？」

「今晚我们要大闹洞房！」

「快，快把喜糖拿出来！」

……

杨芬芳眼前混沌一片，心里一片混沌：自己真的就是刘庆生的妻子了！怪谁？那纸做的结婚证自己是看过的，要是不愿意，揉烂扯碎就行了，或者扭头就走。为什么自己默认了，顺从了，跟了刘庆生，是上了贼船吗？其实也算不得上贼船。因为每一步都是自己走的。她想来上海，吃了，穿了，玩了，更重要的是对刘庆生的态度也松动了，松懈了。小小的松动、点点的松懈加起来就有了迅速的变化。是不是只要牵涉感情，就无逻辑可循？也不是。对于婚事，她也在暗中反复掂量：与谁结婚，跟谁过？她愿意与何无极在一起，顺心；她愿意和刘庆生过日子，实惠。而眼下的情景，立即让她想到姐姐说的话了：「再去他的军营看看，你就会觉得做军人家属的光荣。」果真如此，被战士包围着，「嫂子，嫂子」地叫着，那感觉是跟在自留地里种菜，不大一样。是啊，为了得到一些珍贵的东西，似乎就会失去另外一些珍贵的东西。

大幕已然拉开，什么遮掩也没有了，只剩下一对男女面对一场婚礼。新房虽是临时的，但也算得应有尽有。墙头，贴着毛主席头像。像下，是一个大大的「囍」字，红纸剪成。床上，红色缎面的新棉被。桌上，摆着「囍」字暖壶和搪瓷茶缸。搪瓷洗脸盆都是大红牡丹图案。晚上举行婚礼，他俩还有一点准备时间。刘庆生请来团部理发员给杨芬芳理发。虽然仍是短发，但样式和从前都很不同，前短后长，额头上还有一排弯弯的刘海。一双美丽的眼睛在刘海的衬托下，忽隐忽现，非常妩媚。

他俩在新房整理东西，杨芬芳把红色灯芯绒外衣从手提袋里取出来，刘庆生说：「你现在穿上，让我看看，你自己也看看。」杨芬芳穿好，走到镜子跟前细细地照着。

「你转过身来。」站在后面的刘庆生拦腰抱住。

他们拥抱，亲吻，像夫妻一样。

婚礼非常简单，团政委出席了，气氛一下子隆重起来。政委讲话简短，有两点是重要的：一、刘庆生是好同志；二、当军人的妻子最光荣。杨芬芳知道，自己的家门口要钉个「光荣军属」的牌子了；每逢春节会有干部来探望了。接着，是鞠躬，对拜，散糖，点烟……最后摆了一桌夜宵，请几个连级干部。因为在军营，大家没有喧嚣闹酒和充满性暗示的闹房，按程序走完了过程。

夜色转浓，客人散去。军官对村姑，新房顿成两个人的天地。刘庆生觉得如果此前多多少少有些靠手段谋取情感，那么，现在就面临着一场真正的硬仗，军官的尊贵配原始的本能，一触即发。他迫不及待地扒下杨芬芳所有的衣服，抱到床上，自己像冲锋一样进入阵地。杨芬芳闭上眼睛，嘴唇发抖，像尸体一样承受着撞击。

刘庆生的喘息渐渐平息。之后，拿过自己的裤衩擦拭下体；之后，擦了擦手，甩在地上；之后，往枕头上一靠，酣然入睡。耳边响起鼾声，杨芬芳的内心翻滚着屈辱。

远处，一个声音在哀嚎……她听得真切，痛得真切。

第二天，刘庆生把换下来的衬衫、裤衩、背心、袜子塞给了妻子，说：「这里有个洗衣台，就在浴室的外面。大家都在那里洗衣服，你去吧！」

出了房间，她心里酸酸的：自己学林道静要过新的生活，现在新生活来了，那就是给姓刘的当老婆。把水龙头打开，她看着细细的水流把盆里衣服一点点浸透，不由得回想起自己的「初夜」——何无极的话：「我是树，你是枝叶，永远相连。」她把那件桃色背心单挑出来，细细地打上肥皂，看着泛起了白色泡沫，似乎又见到了何无极，从身后紧紧搂住自己，恳求道：「快回家吧，今晚你等着我！」

晚上，刘庆生在被子里，用拇指和食指捏着妻子柔润的奶头，一会儿轻、一会儿重地玩着。杨芬芳很不喜欢这个动作，忍了忍，见他还是这样，遂用胳膊挡开他的手臂，翻过身去。刘庆生笑嘻嘻道：「怎么，才过一夜就嫌我啦？」

杨芬芳背对他，甩了一句：「你弄得我不舒服。」

刘庆生猛地把她翻过来，用膝盖抵着妻子的私处，问：「说！谁把你弄舒服了？」

「谁也没有！」

「你撒谎。」

「我没撒谎。」杨芬芳一句顶一句，毫不示弱。

「那你昨晚，怎么没见红？」

「没见红又咋嘞！没见红就有野男人啦？」光着身子的杨芬芳忽地把闪着亮光的锦缎新棉被掀翻在地，自己也顺势躺在地上，放声大哭。

刘庆生从来没见过她如此激烈和异常响亮的哭声，着实吓了一跳。他担心传出让人笑话，也赶快下了床，用手去捂嘴。他哪里晓得，这个哭声里隐含着杨芬芳内心的悔意与焦愁。

在呜咽与啼哭中，她满腹委屈地说：「几年前，和姐姐上山砍柴，我从山崖摔下来。腰扭了，那个地方也震破了。我说完了，信不信由你。你要不信，咱们赶紧办离婚。」杨芬芳说完，抓过脱下的桃色背心，擦着满脸的泪痕。睹物思人，她伤心到家了。

「我信，我信，我信还不成。快上床来！」刘庆生一个劲儿地哄着。企图吻她，她用牙紧咬着嘴唇，把头扭过来，转过去，就是不让他吻。从他们的第一个吻开始，她就知道，刘庆生的吻又干又硬，没意思。

「不，我睡地板，你睡床。」

刘庆生哪里肯依？把枕头从床上拖下来，给妻子垫好，自己就势扑了上去。杨芬芳把事情遮掩过去，心里竟有谎言得逞的一丝快意闪过。也奇怪：谎言不用编，自己就冒了出来，还铁嘴钢牙地说着。肚子里未必没有柔肠百转的挣扎，但她很清楚，何无极很可能成为一场旧梦，永不再现。而刘庆生则很可能成为生命中的一道伤口，绝难弥合。

第三天，午饭后杨芬芳要刘庆生带自己去军营小卖部。

丈夫问：「你买啥？」

她说：「闲着也是闲着，想绣花。」

刘庆生高兴道：「你原来不是说不会吗？现在想学了，好呀！给我扎个鞋垫吧。」

杨芬芳买了红、黑、白、褐四色细棉线，本想再买个绿色的，可惜那个小卖部没有。绣花的竹绷子，就用搪瓷缸子替代，她绣的是一朵红花，图案不大。花瓣是红的，花心是白的，叶子是黑色的，花梗是褐色。看上去挺美的，特别是那黑的叶。她把花绣在桃色背心的正中，绣好后把背心整块剪下来的，做成一方小手帕，用它小心翼翼包裹那只表。

爱，原本就是个残酷的东西。

第九节

回到了石壁！比她两条腿走得更快的，是消息。全大队，几乎全公社的人都知道杨芬芳嫁了，嫁给了一个连长。

下午她先到的公社，进了姐姐家门。姐姐迎了上去，问：「怎么样，好吗？」

「我好！」她冷冷一笑，「你们把我骗得好。」

杨婉芳再问，她什么话也不说。喝了碗水，就要走。赵勇海站在一边，说：「你先坐下，我有话说。婉芳和我真心实意是替你想，现在的社员都吃不饱，你的工分再挣得多，也是白搭。总要找个法子吧。刘庆生就是一条路，对你来说，可能是唯一的一条活路。我知道，你对他没什么感情；但是，吃饱总比感情更重要吧？我和老金详细研究过这个姓刘的，发现除了性格刻板、态度生硬以外，还没有大的缺点。再说，他的毛病也和长期在部队有关，结了婚，成了家，有你在他身边，我想这些缺点会改正过来。你们的感情，也还可以慢慢培养嘛！」杨芬芳没有反驳。她知道姐夫的一番话，其实也是自己接受欺骗、接受婚姻的原因。

赵勇海又说：「在这个问题上，婉芳和我也对不起你，更多的是我对不起你！事先没征求你的同意，就擅自做主，给你弄了结婚证。我向你道歉，我和婉芳这样做也是出于策略。其实，我比你姐更疼你！我们知道你和何无极打小要好，那天他给你扯布，我偶尔路过看到了。我想，你俩一定好上了。说句实话，他和你挺般配，可是，单是他的地主出身问题，就得压你一辈子。何老太能受这个罪，你受不了。何况，这样的阶级成分，你哪儿也去不了；除了当个社员，你啥也干不了。但是你嫁给刘庆生，情况就完全不同。要不了多久，就会把你调到公社当个保育员。」尽管杨芬芳还在生姐姐姐夫的气，但这一席话很具说服力，她的情绪也缓和下来。

杨婉芳劝她吃了晚饭再走，留不住啊，她的心早飞了。

深秋的天空冷漠，农忙后田野萧条寂静。只有成熟的老玉米忧郁地歌唱，发出「沙，沙」的响声。无论近处，还是远处，似乎都涂上一层清爽又伤感的秋色。

杨芬芳回到家里，匆匆地洗了脸，草草地抹了桌椅，换了衣服，换了床单，抄起个布包，朝何家径直去了。

「无极，无极！」杨芬芳叫着，跨进了何家的门。

何老太闻声而出，看见杨芬芳便上下打量个不停，笑着说：「欢迎新媳妇了，你可是越来越漂亮了！」

「我没觉得自己漂亮啊。我从徐州回来，第一件事就是看你和无极。」做了媳妇，说话大气多了。她四周看看，问：「无极呢？」

「他在自留地。一会儿就回来。」

进了屋里，杨芬芳就从布袋里掏出一袋上海糖果，恭恭敬敬地双手奉上，说：「何妈，这不是喜糖，是我的孝心。」说完，眼圈红了。

何老太一把将杨芬芳拉进自己的怀里，摸着她的头，说：「你的苦，无极的痛，我都知道。从前的小说，喜欢用堕入情网来形容男女相爱。你们不同，打小在一处，朝夕不分离，没个开头，也没个结尾。所以，我形容你俩是平地晕船，没个醒的时候。现在，你醒了，无极也就能慢慢醒过来。我知道，你现在的心里也还是放不下他，也许更会惦记他的好，是不是？」杨芬芳终于忍不住，眼泪一滴一滴落下。

何老太叹道：「我生的孩子，我知道。不是自夸，无极是男人里最好的，从长相到习性，没人能比。我敢料定，不管你嫁连长，还是嫁团长，你忘不了他。

「所以，我说你心里有苦。自打知道你和他明车暗马，我的心就是悬着的，床上事短，床下事长。要知道，你俩可打的是个死结啊！」

说到这里，何无极回来了——进门就瞧见摊在桌上的喜糖，紧靠在一处的两个女人以及杨芬芳脸上的泪痕。他内心五味杂陈，却故作高兴地说：「芬芳，回来了。不错哇，还给我们带喜糖回来！」

杨芬芳站起身，说：「这不是喜糖，也不是给你的，是我孝顺老人家的。」说着去翻布包，「有一件东西是我用自己的钱买的，专门给你的。」

「谢谢，你可真有心。」

「我有心，以后也有心。」何无极从新娘子眼睛里看到的不是幸福和兴奋。他心里明白了大半。

「你伸出左手来。」当杨芬芳把明晃晃的手表从四方形盒子取出，非常仔细地给他戴上的时候，何无极居然没说个「谢」字，就像自家媳妇买的。杨芬芳从盒子里拿出垫在手表下面的绣着牡丹的小手帕，何无极接过来，看了一眼，激动地叫了：「啊，我的背心，你的手工，是吗？」

「是，我在营房里绣的。」

何无极把手帕叠成条状，将牡丹花图案裹里面，遂伸出右臂，对杨芬芳说：「来，帮我扎在手腕上。」

看在眼里的何老太知道：他俩恋情非但没有终止，很有可能会更加炽烈。

杨芬芳大大方方地对何老太说：「走了那么多天，何妈，想让无极到我家里帮着收拾一下。行吗？」

「行，照顾军属嘛！」

「别这么说，我不爱听。」

到了家，关上门，杨芬芳转身就抱住何无极，伏在他的肩头痛哭。

「他待你好不好？」何无极低声问。

「我是你的。」

俩人死缠到一起，是与生俱来的情欲也好，还是天塌地陷的灾难也罢，都是豁出性命，毫无避讳了。杨芬芳柔荑一般的身子随着何无极的滚滚波涛翻腾，他们又找回了欢乐。在极度欢乐和放纵的下面，是藏得很深的心酸与苦涩。何无极亲吻她的乳房，用唇与舌长久地吸吮着粉红色的乳头，有如一个婴儿。杨芬芳整个身心都冲动起来，情不自禁地轻轻地喊道：「天哪。」

「你永远是我的。」何无极抬起头，脸上布满泪痕。他自己也不知道什么时候学会了不出声响地哭泣。都说：学会生活，就是学会放弃。偏偏他们不放弃。

不久，杨芬芳调到公社，去当个保育员。所照看的几个小孩，都是公社干部子女，不够上学年龄。她很认真，把每个孩子都弄得干干净净。剩余时间大多看看书，书是从赵勇海那里借的。赵勇海借给她一本普希金的诗集，说：「你看这个合适。」这是她生平第一次读外国诗，非常喜欢，特别是情诗，读着，读着，就心潮澎湃起来。有的句子怎么就说自己和何无极的恋爱？

我流泪，泪水却使我得到安慰；
我沉默；我却不抱怨，
我的心中充满忧烦。
忧烦中却有痛苦的甜味……
爱情对我的折磨我很珍重，
纵然死，也让我爱着死去。

觉得自己心里积存的许多悲伤，都让这个一头卷发、最后死于决斗的俄国人说了出来。现在的她，每顿吃公社食堂，肚子是饱了，但整个人像被什么吸干了。每逢周日，她必回到石壁大队，与何无极幽会。白昼好似受刑，夜晚则是他们的节日。何无极就是一阵细雨，细雨飘落在她的躯体，又是一点熠火，熠火温暖她的心房。她甚至觉得有罪的相恋，也比干净的夫妻要好。凉风习习，秀发飘飘，谁也不能自拔。

已是隆冬，日子短了。完全没有了光亮，好像过完早晨，很快就临近傍晚，到处是迷雾一般昏淡。田野和树林也失去生机。如果起风，那一定是很猛，又很冷的，有时还能听到树枝的折断声。

这一天，快吃午饭了。杨芬芳正准备用开水给孩子们烫碗筷，赵勇海把她叫到一边，说：「刘庆生带了话来。他的父亲得急病，他赶回来，送父亲进了医院。现在要绕道过来看你。」

「他什么时候到？」杨芬芳大惊。

赵勇海见她只是吃惊而毫无喜色，突然有一种「大事不好」的感觉。平时舒展的双眉，也紧蹙到一起。有意问道：「你该高兴才是，怎么一副害怕的样子？」

「他该来信跟我商量。怎么说来就来？我那个破家，他怎么住？也没啥好吃的。」

见她这么说，赵勇海只把心放下一半，放不下的另一半就是何无极。不知为什么他对这事始终是警惕的。

杨芬芳着急地说：「我请个假吧，下午就赶回去收拾。小孩就让姐姐替我看个一天半日，你看行吗？」赵勇海点点头。

「谢谢姐夫。」杨芬芳笑了。

见她要转身要去打饭，赵勇海叫住了她：「我想多说一句话，怕你不爱听。」

「说吧，我知道你打心里希望我好，和老刘结婚，也是你一手办的。」

「就是这件事，我对不住你，因为你喜欢的人是何无极。」

顿时，杨芬芳把脸拉下来：「你别胡说！」

赵勇海望着她的眼睛，说：「我没胡说，你现在贴身的小衣服是他做的吧？」

问得杨芬芳一时语塞。

赵勇海说：「我不知你和他断了没有？我的感觉是『没断』，看你每个周末着急回家的样子，我就断定你们没断，兴许还更好了。」

「你又在胡说。」

「你骗得了别人，骗不了我。女人结了婚，就更懂得男人的好赖。」赵勇海的一番话，句句戳在心口上，「所以，我特别要叮嘱你一句：你安顿家，还要『安顿』他。」

杨芬芳着急回家，正是要「安顿」他。

第十节

故事总是有头有尾，有因有果。但生活并非如此，它处处吊诡，毫无逻辑。一路奔来，都是偶然无序，一路下去，都是跌撞坎坷，几个人能躲过支离破碎的命运？

刘庆生来石壁村的头天晚上，杨芬芳与何无极始终相拥在一起。一分分地相守，也是一秒秒地离去，像两个赌徒，仿佛是孤注一掷，也伤心欲绝的最后的一夜。屋子里，厚厚的报纸搭在灯泡上，把灯光压得更低更暗；在低暗光影下，他们第一次看清对方的下体，形成了互相的激励，各自都是掏心掏肺地献了出去。

何无极几乎是在发誓，说：「我愿意死，用死去换取我们的欢乐。」

杨芬芳用吻去封他的嘴：「不许说死，我们要生。无极，我要给你生个儿子，他会和你一样聪明漂亮。」

何无极「扑腾」一声，从床上猛地跪倒在地，泪如雨下。然而，心愿改变不了命运。

第二天，刘庆生到了。

爱情根本无法潇洒，况且这对夫妻根本不是爱。对杨芬芳来说，昨晚如升天堂，今夜如堕地狱。任丈夫怎么摆弄，她都随从，但来得那么生冷。刘庆生不高兴了：「都说小别胜新婚，你这是怎么啦？」

「不怎么，我最近身体不好，浑身没劲。」

事毕，刘庆生还想跟她玩玩，说说，杨芬芳穿好裤衩，套上桃色背心，睡了。

女人一旦被放倒和剥光就会回归真实，然而，一点也没有出现自己所期待的激动和震颤，他深信：身体不会说谎！刘庆生找了灯绳，拉了一下，灯亮了，窝火的他跳下床，披上军大衣，从手提袋里拿出一本书来看。

实在是睡不着！

今夜，还有一个人睡不着。他就站在杨芬芳院子里，冻着，看着——看着刘庆生单弱的躯体和四方形脸庞及那双细长眼睛，当看到这对夫妻在被子底下起伏，他闭上双眼，攥紧了拳头。这个人，就是何无极。

他感觉不到冬夜的严寒，因为心在燃烧，血在沸腾。回到家里，很快自己脱个精光，钻进了被窝。满脑子，都是那「被子底下的起伏」。他不由自主地用手摸到自己的阳具：啊，饱满的血管在细薄的皮肤下膨胀，顶端的斜面是个心形的圆，所有的雄壮威武都蕴含在这里面了，喷薄欲出。天下的男人活在这个尘世，只有一件事——就是征服享受，享受征服。而他在忍受，在活受……

杨芬芳一夜也没睡踏实，心里无限渴望何无极，一次次回味着他们偷情的欢愉与满足。

第二天，看着情绪依然不高的妻子，刘庆生建议到县城逛逛，看看老金。杨芬芳说：「懒得走那么远，要去就去公社。你和姐夫聊天，我要看看那些小孩。」

无奈，只好同意了。当他们双双走出院子的时候，正巧碰上出工的何无极。当杨芬芳还在犹豫，是招呼还是不招呼，是介绍还是不介绍的时候，只见何无极用眼角瞥了一眼，就迈着大步从俩人面前飘然而过。

刘庆生望着背影，顺便问一句：「这小伙子是谁，长得真不赖。」

「邻居，地主儿。」杨芬芳淡淡说了一句。

见她连和自己说话的兴致都没有，刘庆生真的搞不懂。在部队经常私下交流的一个话题，就是怎么对付女人。归纳起来有三方面内容：一，没搞过对象的，该怎么搞到手。二，搞到手了，怎么别让女人跑了。三，发现老婆另有相好，该怎么应对。几年来他听得多了，理论上的进修足够用的。但是，碰到这个冰雪美人、无言娇妻，他真是一点辙也没有。

起风了，天色灰暗，迷蒙且沉滞。尘土，沙粒，黄叶，枯草，都飞舞了起来，天更冷了，飞鸟没了踪影，连一只野狗都没有。由于没有了绿色，每个村庄无论远近，都赤裸裸地暴露出本相。杨芬芳低着头，掩着脸，快步向前赶，似乎不是为了看姐姐或孩子，而是为了摆脱身边的丈夫。

见到姐姐，她的兴致恢复了，主动提出要好好玩一整天，自己要烧一个菜，还要买点酒。赵勇海听了，朝刘庆生挤了挤眼睛，笑着说：「这是『小别胜新婚』哪！」

搞得刘庆生哭笑不得，只好说：「那我得谢媒人啊。」

一旁的杨婉芳，接过话头，说：「怎么谢呀？」

「吃饭时，我敬酒三杯。」

当姐妹二人都在忙着烧饭的时候，两个男人有了聊天的机会。绝顶聪明的赵勇海问：「她是不是有倔脾气？」

「不是倔，是冷。」

「慢慢来吧。介绍的婚姻都这样，需要耐心等候和培养。」

刘庆生沉默一会儿，突然问道：「她原先有没有相好？第一夜，我可没见红。」

赵勇海心中暗惊，没想到话题一下子就「刺刀见红」了。他表现得很严肃，郑重地说：「刘庆生同志，你可以到石壁村走走，问问，杨家这两姊妹人品如何？事关重大，开不得半点玩笑。」

「那就好，我信你的话。」

赵勇海觉得事情不那么简单，很可能杨芬芳已经真的「沦陷」了，如不及时「刹车」，就极有可能滑向悬崖。

午饭气氛挺好，杨芬芳的脸色好看了，也说话了，还喝了两口酒。她的情绪好了，大家就都好了，但是，赵勇海的心里，却更不踏实了。他觉得杨芬芳是在表演。

又到了夜晚，灯下。

杨芬芳一个劲儿地磨蹭。刘庆生一个劲儿地催促：「我可只有几天的假，你是我老婆，怎么着也得让我过瘾吧？」说罢，就动手扯她的裤腰带。

杨芬芳把腰一扭，背对他，说：「我就不想给你过瘾。」

外面的风更大了，像个狂奔者，跨过野地，越过树林，摇撼着每个人家关闭的门窗。何无极又再次站立在杨家门前，任狂风肆虐，一动不动，连眼睛也不眨一下。

「不让我过瘾？你那东西是不是给野男人留着？说！」

「就是给野男人，就是不给你！」「野男人」三个字，惹出杨芬芳满腔怒火，脾气来了，也是寸步不让。

这句话，太刺激！是个男人就咽不下，况且刘庆生本就有疑心。忍无可忍，便动了粗，他把妻子按在床上，气势汹汹地说：「我现在就过瘾，把你上下前后，操个够！」说着，就开干。

先是，「前」。

接着，「后」。

杨芬芳两腿光光，微微弯曲，抵靠在床沿儿，上身匍匐在被子上。

「撅着！」他拍着妻子的屁股，带着命令的口气。

「再撅！」刘庆生用手向左右两边掰着妻子丰腴的

屁股。

风狂吼，人狂怒，何无极进了杨家门，立在外屋中央。他从未见过这种让心爱的女人被动承受的方式！在他的眼睛里，刘庆生和杨芬芳不是夫妻，而是侮辱者和被侮辱者。他摸到了菜刀，攥得紧紧。只要再继续下去，他就会变成一个斗士，奔赴战场，勇猛杀敌。

最后是「上」。

丈夫让妻子跪下，用唇舌去舔舐沾满精液的阳具。杨芬芳闭着眼睛，左右摇头，不肯就范。而刘庆生此刻也是暴怒状态，彻底把妻子当成了对手，一战接一战，势不可挡。杨芬芳仰着头，闭着的嘴角挂着白色的液体，闭着的眼睛流出了清泪。

刘庆生喊起来：「再不张嘴，我就揍你！信不信？」

「不信！」随着一声巨吼，刘庆生还没来得及弄清楚这声音来自何方，自己的后背已是一阵剧痛。

「哎哟！」

杨芬芳睁眼一看，是何无极！他像一头狂狮，把菜刀砍进了刘庆生的后背，血溅到何无极的脸上，英俊的脸顿时非常恐怖和狰狞。平时所有的弱点和恶意都潜伏在那儿，严厉的考验和残酷的境况，把它们都逼了出来。一个永远无法想象的场景，血淋淋地呈现在眼前：一个曾经心爱的人，已经变成个怪物，狂叫着，嘶喊着，咒骂着。刘庆生四处躲闪，也逃避不及，一刀下去已成血人。

杨芬芳赤裸着，惊恐万状。她纵身跳下床，拖起棉被胡乱裹上，拉了一下灯绳，逃出家门，瘫倒在院子里，哭着，叫着：「杀人了，杀人了。」

黑暗中，是两个男人的战争，是情敌之间的决斗。在几声「嗷——」的惨叫之后，是刘庆生尖厉的高叫：「我是现役军人！你是地主儿吧？」

刹那间，一种感觉压倒了另一种感觉，杀红眼的何无极突然醒悟了：「咣当」一声，菜刀落地。

何无极狼狈地束手就擒，刘庆生被紧急送进医院。

第十一节

因为一方是现役军官，一方是地主之子。案子从通奸杀人升级为反革命阶级报复。何无极被判死刑，立即执行。杨芬芳被判有期徒刑二十年。她不服，法院说：「单是你拉了一下灯绳，就够二十年。」

不可避免的时刻终于来临——行刑那日，也是他俩死别之时。都低着头，杨芬芳悄悄把脸侧过去，用眼角余光扫去，见何无极的手腕缠着桃色手帕，那朵红牡丹第一次向外显露出来，鲜艳得刺目。

当晚，何老太带着香蜡纸钱来到丈夫坟前祭奠。第二天社员发现她自缢在卧室。桌上放着钱和一个纸条。纸条写着：请把我和无极都埋在丈夫身边，谁做，这钱和房子就归谁。

两个月后，刘庆生痊愈。出院后他提出要见杨芬芳一面。看守所所长答应了。

杨芬芳听说有人来探监，以为是姐姐，万不想进来的是刘庆生。她站在接待室的正中，表情呆板。

刘庆生平心静气地说：「一是来告诉你，我还活着；二是来要回那件大红灯芯绒外衣。」临走时，眯缝眼睛说：「有人手里端着一碗白生生的大米饭，都不知道怎么吃啊！」

这话，好熟。

下编

第一节

杨芬芳，这个实质上的通奸杀人犯，因涉及破坏军婚而成了政治犯。宣判后，她被押往M劳改农场。行前，看守所通知了家属——杨婉芳夫妇，说可以见上一面，也还可以送些生活日用品。

杨婉芳见到妹妹，喊了一声：「芬芳！」便泣不成声。

赵勇海低下头，说：「我们对不起你，让你受罪又受苦。」

杨芬芳脸色铁青，不喊一声「姐姐」、「姐夫」。

站在一边的看守催促道：「有话快讲，有事快交代。

按规定，看守所只有半个小时的接见时间。」

杨婉芳勉强收住泪水，上前摸着妹妹的面颊，说：「你的脸色铁青，怎么成这样了？」

杨芬芳把姐姐的手从自己的脸上扒拉开，说：「就是那个晚上吓的，我再也回不到从前了。」见姐夫手里提着个大手提包，便说，「你们给我带来什么东西了？」

「大多是吃的。从辣椒面到猪油。还有牙膏，袜子。」姐姐边说，边往外拿，放在小桌上。

杨芬芳也不说一个「谢」字，却道：「你们净给买些零碎东西。我的刑期是二十年，我要件新棉袄，再要一件新毛衣，最好还能有条新毛裤。别心疼钱，跟你俩要东西，大概这辈子也就这一回。那个姓刘的刚来过，把灯芯绒外衣要回去了。」

赵勇海听得心惊，觉得自己当初真是昏了头，瞎了眼，越发觉得在这桩杀人案里，杨婉芳和自己都是该承担罪责的人。他对看守说：「我下午再送一趟东西，行吗？」

看守告诉他，东西可以送，人是不能再见了。

眼看时间一分一秒过去，急得杨婉芳不知该说什么好，只是不停地念叨：「可要爱护身体啊，需要什么就来信。」

赵勇海还算理性，抓紧时间，说了几句该说的：「我知道犯人在服刑期间，只要老老实实接受改造，就有可能减刑。你一定要努力争取，我们等你回家！」

这句「我们等你回家！」打动了杨芬芳的心。迟疑片刻，用郑重的口气对姐姐、姐夫说：「我有一件事，想求你们。」

「说吧，只要我们能办到。」赵勇海回答。

「每年清明节，烦劳你们到何妈与无极的坟上，替我燃香，磕头。是我害了他们全家。」说到这里，杨芬芳跪立在地。杨婉芳一下子也坐到地上，抱着妹妹的头大哭。

见此情状，看守喝道：「接见有接见的规矩，不许哭哭啼啼！再哭，就中止探视。」

「我们一定照办。」赵勇海说着，将杨芬芳拉起。

杨婉芳从自己的挎包里取出了一个小包，一边递给看守检查，一边对妹妹说：「这里面有五十元钱和四十斤粮票。还有一块手表。」

啊，男式上海手表！杨芬芳惊呼：「无极的手表！」

杨婉芳说：「是，他刑前和母亲见了一面，托付老人把这手表给你，还特别叮嘱，不是还给芬芳，是送给芬芳。当天晚上，何妈就送了过来。」

「何妈，说什么了吗？」杨芬芳急急地问。

「一句话也没讲。」

「她恨我，我是可恨。」接过手表，杨芬芳便联想起了那一方绣着红色牡丹的手帕。一声枪响，它一定随着无极的身体倒下。手帕也会腐烂，但无极的心是不变的。

赵勇海从大提袋里取出一叠新背心，桃色的，约有六、七件。双手捧着递给杨芬芳。

回到看守所的牢房。她把背心一件件翻开。发现里面藏着《普希金抒情诗集》，随手翻开，竟是这样的几句：

虽然距离您很远很远，
我还是不能和您分离，
……
如果我有一天被吊在刑场，
您呢，会不会为我叹一口气？

诗是送给乌沙科娃的，杨芬芳不知道乌沙科娃是谁，也不懂诗句的背后是普希金对十二月党人被处死的回忆。她觉得这话像是何无极说的。是他在九泉下的哀叹。她一把扯过被子，蒙头而泣。同室的人都有经验，只要家属接见之后，犯人回到囚室，一定痛哭失声。这个时刻，牢房都会有长时间的寂静。

这种「探视」，往往意味着永诀。

第二节

当张雨荷也被押送到 M 劳改农场，分配到二工区的时候，杨芬芳已经在这里服刑五年以上。五年是个界线，跨过这个线的，都算是老犯。尽管杨芬芳的文化程度，充其量是高小毕业，但很快被指定为工区副组长，负责每晚读报。当工区干事邓梅宣布的时候，大家也不觉奇怪。因为她性情温和，和谁都能相处；因为心灵手巧，学什么都能学好；当然，还有个不好说明的原因，就是她那动人的容貌。

张雨荷携带到劳改农场的东西，实在是太多。单是厚棉被，薄棉被，毛毯，毛巾被，枕头，褥子，床单，就装了一个大皮箱，另有两个皮箱的衣服和日用品。

当省公安厅的干部把张雨荷连人带物押送到农场，农场狱政科干部着实吓一跳：「怎么把家也搬来了？」公安厅干部解释了几句，说：这一切都是在她的母亲强烈要求下，被例外批准的。理由是：二十年后张家已然无人。

一般来说，犯人是自己提着行李来「报到」的，这个张雨荷显然需要其他犯人来接。科长把电话打到女犯中队队部，是李指导员接的电话。

科长说：「这个新犯是从省城押送来的，带了三个大皮箱。大概你要派三个犯人背上山。」

李指导员问：「什么罪？」

答：「现行反革命。」

问：「她自己就不能背一个？」

科长说：「从省级剧团来的，手无缚鸡之力。」

等了好久，三个犯人来了。打头的就是杨芬芳，后面跟着的是在犯灶劳动的小妖精和骂人专家易风竹。张雨荷把杨芬芳上下打量个够，因太漂亮而吃惊。

天色不早，一行四人上了路。路是山路。小妖精、易风竹在前，杨芬芳在后，张雨荷就夹在了当中。她们一人背一个皮箱，杨芬芳拿的是最大的一只皮箱，易风竹挑的最轻，张雨荷手里提着一个尼龙网兜，里面装的是两个搪瓷脸盆和饭碗、茶缸。

翻过一座山头，张雨荷问：「到了没有？」

易风竹答：「没有。」

绕过一座山峰，张雨荷又问：「到了没有？」

易风竹又答：「问啥，还早呢。」

张雨荷望着层层叠叠的山峦，看着曲曲折折小路，心一下子凉了半截，说：「我们能歇歇吗？」

易风竹骂道：「提些个洗屁眼的脸盆，你倒累了！」

小妖精在一旁大笑。杨芬芳说：「易疯子，人家是新来的，你还是客气点啦。」又对张雨荷说，「不能歇，歇下来你就更走不动了。我们陪你慢慢走吧。」

易风竹不大高兴了，对张雨荷说：「人背着东西要快走，才不累。要将就，也是你将就我们三个。」

黄昏从山巅笼罩下来，太阳收尽了最后的光芒，很快，轻淡的蓝色暮霭从远处飘浮过来，天空和大地渐渐融合在一起。沉寂中张雨荷备感疲惫，人也东摇西晃起来。

跟在后面的杨芬芳开了口：「听李指导员说，你是在剧团工作，那肯定会唱戏了。要不然你唱几句，唱着走，你就不觉得太累。」

易风竹高兴地咧着嘴说：「他妈的，来了个戏子，我们有戏看了。」

张雨荷申辩道：「我不是唱戏的，是研究戏的。」

小妖精也凑过来：「就给我们哼几句。我们队上最会唱的是刘月影，小调唱起来，连干事都爱听。」

一人经不住三人缠，张雨荷唱了京剧《沙家浜·智斗》里的「垒起七星灶，铜壶煮三江」。破锣般的嗓子唱得「荒腔走板」，在这空旷的荒野，这段西皮流水传得特别远。她们三个大声叫好。

远处的山顶，依稀可见一座碉堡式的建筑。杨芬芳用手一指：「那就是女犯劳改队了。」

张雨荷大为不解：「我们为什么要住在山顶？是怕犯人逃跑吗？」

杨芬芳说：「我们这个农场是茶厂。一定要把茶树栽种在有风有雨有云雾的山顶，茶叶的质量也才会好。这里生产的绿茶运到上海，再和浙江绿茶混合在一起，出口海外。」

到了，终于到了！

依山势而建的监狱，丑陋而坚固。围墙，铁丝网，探照灯，一应俱全。高处，是劳改干部的办公和住宿之所；低处，是犯人关押栖息之地。张雨荷想到自己将在这里呆上二十年，不禁悲从中来，鼻子酸酸的。

这点细微变化，没逃过易风竹的眼睛。她走到张雨荷跟前，说：「初想起来是要哭鼻子，过后细想还不都是过日子。像我们这些农村来的，在里面是劳改，在外面是劳动，还不都一样？不过，你是要哭的，因为你是城里人。」

李指导员来了，一个脸色苍白、细眼薄唇的中年男人。他让小妖精回到犯灶烧饭，叫易风竹返回工地，对杨芬芳说：「你把张雨荷带到你们二工区监舍。至于让她睡在哪个铺位，等邓梅干事从工地回来由她来定。」

杨芬芳说：「报告李指导员，我们每人的铺位是二尺二，她这么多东西，怎么放呀？」

李指导员想了想，说：「那就放在队部库房吧。」

库房不大，专门存放发给犯人的衣物以及杂物。库房的小门一开，就是一股扑鼻的霉味。杨芬芳把三个箱子放好后，悄悄对张雨荷说：「还没有哪个犯人把东西存放在这里，你是第一个。不过，到了天晴、又逢周日的时候，你要向干部报告，请求晾晒你的皮箱。要不然皮箱长毛，衣服发霉，你就心疼吧。」

听了，张雨荷一个劲儿地谢她，觉得自己劳改的第一天，就遇到了好心肠的犯人，还那么漂亮。

等到天色完全黑下来，李指导员看了看表，才叫小妖精敲钟，敲钟就是收工。张雨荷又不懂了，问杨芬芳：「我们出工、收工没有固定时间吗？」

「有固定时间——早七点出工，晚六点收工，但值班干事的掌握又各有不同。我们的邓干事就比较准时。还有，另一个决定收工的时间，就是看农活的需要。比如到了采春茶的时候，『早采三天是个宝，晚采三日是匹草』，那就要延长劳动时间了。」

「延长多久？」

「从早五点，干到半夜十二点。」

「天都黑了，还怎么干？」

「打着马灯干，就像『大跃进』时的夜战。」

张雨荷家里也是讲究喝茶，父亲的好茶壶多，母亲的好茶叶多。客人来了，彼此还兴致勃勃地交流选茶、泡茶、冲茶、饮茶的经验，在春意般的温暖与柔和中，进入茶的意境。但是，家中唯独没有人讲种茶和采茶。现在，他们的女儿要种、要采了，还要干上半辈子。

张雨荷又问杨芬芳：「为什么一个铺位都要由干事来安排，有这么重要吗？」

她笑了：「有文化的人就是爱想问题。我告诉你吧，在监舍里，谁挨着谁睡，谁贴着墙睡，都是有用意的。

一般来说，是把接受改造的犯人和反改造分子，交错在一起，这样可以达到监督的目的。靠墙睡的人，一般是比较特殊的犯人了。」

杨芬芳看着离收工还有一段时间，便对她说：「我带你到外面的水沟去洗衣服吧。」

水沟在监狱围墙的外面，即使洗一条手绢，也要请示报告。别看这里层峦叠嶂，云海茫茫，其实，犯人每走一步路，环境无不在提醒：你是个丧失自由的人。

收工了。

冷清的监舍，骤然热闹起来。几乎所有的犯人都挤进二工区的监舍来看张雨荷，而且个个都知道这个新犯是个唱戏的，随身带了三个大皮箱。

我问杨芬芳：「她们怎么都知道了？」

「还不是易疯子，到了工地就讲开了。」

邓梅干事吃过晚饭来到监舍，她刚洗了头发，用大毛巾一边擦着长发，一边对组长苏润葭说：「让新犯靠墙睡。」

顿时，张雨荷想起杨芬芳的话来：靠墙睡的人是比较特殊，也比较重要的犯人了。苏润葭讲话像个干部，一边看着张雨荷收拾床铺，一边叮嘱：「你要善于分辨接受改造与反改造言论，不要和个别犯人过于亲密。」见张雨荷的生活用品带得特别多，又说，「生活上不要拉拉扯扯。犯人跟你要东西，你千万不要给。这是违反监规的。有的犯人吃了你的，还会去检举你，说你在拉拢她。」见她细皮嫩肉的，便问，「你从来没干过体力活儿吧？」张雨荷点点头。

苏润葭说：「犯人刚来，都觉得很累，很饿。这时可能有人会偷偷送吃的给你，你别收下。熬过一段时间就好了。」这些话，张雨荷听得一愣一愣的。

易风竹过来，笑嘻嘻补充了一句：「新犯，我再给你加一条——要多拍组长的马屁。」

一屋子的人都笑了，苏润葭也笑，唯有总靠着木柱坐着的巫丽雪不笑，悠然地抽着纸烟。她用食指和中指夹着烟卷，五指纤长，细骨薄肉，手背上隐约可见淡青的血脉。熟练地吸了一口，再缓缓吐出，乌黑的眼睛望着白色的烟雾，慢慢散去。烟抽得剩下一寸的样子，用手指掐灭，把烟头放进一个小铁盒里。挺起丰满的胸部，摆动婀娜的腰肢，用甜蜜的微笑对张雨荷说：「一看你就有文化，是哪个大学的？我是高中毕业。」呆一会儿，端起自己的搪瓷水缸，揭开盖子，说，「这水是干净的，喝吧。」

张雨荷很想接过来，苏润葭用很凶的口气说：「巫丽雪，你少来这一套。」

巫丽雪仍堆着笑：「说什么这一套，那一套？不就是请她喝口水嘛。」接着，转过细长的脖子，透过浓密的睫毛，对张雨荷说，「你好自为之，一切刚刚开始。」这个酷似吉普赛女人的犯人，一举一动都很像个女演员在表演。

对于新来的犯人而言，一切都是未知。

第三节

工区副组长即学习组长，任务主要就是晚上读报，平时帮别人写检举，年终替别人写总结。

当晚，到了学习时间。杨芬芳一手捏着报纸，一手拿着本很旧的学生字典，坐在监舍的中心位置。报纸上讲的新闻都是有关「抓革命，促生产」的，或者是帝国主义又在哪里为非作歹了。犯人都把学习当作休息，有的干脆闭着眼睛。发现有谁真的在打瞌睡，苏润葭就会用眼睛瞟一下易风竹。易风竹就会跑过去，拍她的脑袋或摇她的肩膀。在这个工区里面，有两个人是聚精会神地听读报，一个人是美国博士李雪珍，别看白天疯疯癫癫，一到晚上读报，她就变得清清爽爽。读了别字，能立即纠正，杨芬芳再查字典，人家说的分毫不差。苏润葭有时会对李雪珍说上一句：「李雪珍啊李雪珍，你白天如果也像晚上一样，该多好。起码不会老挨打了。」

另一个认真听读报的人，叫姜其丹。快五十岁的年纪，高颧骨，丹凤眼，皮肤灰暗，嘴唇一点血色也没有，是个天主教徒。她独身度日，还有一个亲弟弟，抓她那天，请求公检法军管会的人把弟弟叫来。囚车在外面等候，自己在屋里一一清点家当，包括米缸里有多少大米，瓦罐里剩下几斤绿豆，就像她那一丝不乱的头发，交代得一丝不苟。弟听得伤心落泪，姐却保持平静。搞得平素急躁又粗暴的看押人员，也都歇了火。办好「交接」，姜其丹把钥匙交到弟弟的手掌心，望望住了半辈子的小屋，说：「可以了。走吧。」出了门，就朝囚车走。弟弟连叫几声，她也不回头。

姜其丹有文化，但坚持声称：「我是文盲，一字不识，只会背诵《圣经》。」除了干活慢，说话慢，吃饭慢，所有的干部和犯人还真找不出其他的缺点来。不知为什么骂人的易风竹，却不骂她。有人说，那是因为在易风竹心里，姜其丹是唯一的处女，其余的都是烂货。厉害的苏润葭，也都让着她。姜其丹听读报是很认真的。有时，杨芬芳读完后，她拿过来还要再看两眼，总觉得她在找什么。

张雨荷来后，杨芬芳读报就不查字典了，遇到生字就问这个大学生。学习会散了，张雨荷问她：「李雪珍的文化，比我高多了。你怎么不问她？」

杨芬芳说：「她是反改造分子，不能多跟她讲话。」

过了一天，杨芬芳读完报，便对邓干事说：「张雨荷文化高。让她来做副组长吧？」

「这是你该说的话吗？」邓干事瞪了她一眼。

杨芬芳小声嘟囔：「提个建议嘛。」

读报的时候，最不安静的是巫丽雪。一会儿去厕所，一会儿翻口袋，一会儿喝口水。有时还要提问，问的问题也有意思，如：毛主席的最高指示是怎么发出来的？是写在纸上，寄给报社？还是打个电话，告诉报社的人？——她的每一次提问，都要挨批受训。或是邓干事，或是苏组长。这让刚来的张雨荷感到奇怪：为什么不能好好回答她的问题呢？她会唱歌。刘月影唱的是民间歌谣，巫丽雪唱的多是艺术歌曲，一听，就是接受过专业训练。她也善舞。一次周日，天气很好，太阳把人晒得暖洋洋，巫丽雪悄悄对张雨荷说：「什么时候，我们找个地方跳一回『伦巴』吧？」张雨荷大惊，一方面觉得犯人被压抑的欲望，需要在一个被允许的渠道直接或间接地释放；另一方面让她对巫丽雪的个人经历和犯罪案情大感兴趣。她没敢把跳「伦巴」的话告诉苏润葭。只是问：「巫丽雪长得漂亮，又能歌善舞。以前是干啥的？」

苏润葭说：「她是南京人，家里也有钱，以前在部队文工团。因为恋爱问题，一再受处分，后来就成为反革命罪犯。」

张雨荷问：「什么恋爱问题？」

「那我就不清楚了。每年的年终小结都是自己写。不过，每次都通不过。」

「为什么通不过？」

「不认罪呗。」

张雨荷说：「她胸又高腰又细，一双眼睛会说话，最能讨男人喜欢。甩了她的男人，真是瞎了眼。」

苏润葭说：「等春天一来，她就该不讨你喜欢了。她和李雪珍一个胡说，一个呆傻。」

「疯子吧？」

「根本不疯，就是到了春天才这样。」

「那她们的脑子肯定有问题。」张雨荷的母亲是医生，她多少知道什么是精神病。

「哪来那么多的疯子？这话，你少说。」苏润葭很不高兴。

经过一个冬天的严寒，春大终于来了。太阳用温暖的光芒照拂着大地。青草刚刚出土，成片的茶树开始抽出极细的芽头，泛出浅浅的新绿。女囚身上仍然穿着棉袄，但心里是暖的，人的呼吸都舒服畅快多了。到了中午吃饭，喝上一盅开水，有的人还把棉衣褪到腰部堆着，上身只穿一件衬衫，也不觉得冷。棉裤是谁也不敢脱的，因为种茶的土壤都是湿漉漉的，穿着胶鞋的两只脚，老觉得冰凉。初春的茶树管理最要紧。施肥，喷药，给茶树四周松土，还有其他农活，都挤在这一时。负责生产的苏润葭在这个时候，变得特别厉害，成天板着个脸，骂这个，训那个，比劳改干部还积极。由于人精干又在行，她派的活儿，谁都没话说，乖乖地去做。也就在这个时候，巫丽雪的撒尿、抽烟、喝水，以及自言自语的次数特别多，那乌黑的眼珠贼亮、贼亮的。

一天吃过午饭。刚歇了一小会儿，值班的李指导员就吹哨子，命令犯人赶快出工。巫丽雪刚点上一支烟，对提前出工非常不满，故意在监舍磨蹭。苏润葭走到她跟前，说：「你快点，出工了。」

「嗯。」嘴里应着，人却不动。

杨芬芳也催：「巫丽雪，你就别抽了。今天可是李指导员当班。」站一旁的张雨荷非常奇怪，文质彬彬的李指导员莫非很厉害？

巫丽雪把头一扬，愤愤地说：「李指导员又怎么啦！他在这里，我也照样抽。」话一出口，急得杨芬芳直跺脚。

苏润葭火了，呵斥道：「杨芬芳，你别管，叫她说，叫她骂。张雨荷，你把纸和笔准备好。她骂一句，你就记一句，晚上交给干部，看她的下场。」

杨芬芳赶快用双手推着她走，推一把，巫丽雪挪一步，总算推到院子，推进了犯人行列。

李指导员见她手里还捏着烟，便喊：「巫丽雪，你把香烟给我掐断！」巫丽雪依旧慢吞吞地，似乎根本没听见，嘴角挂着一丝轻蔑。

这时易风竹跑过来，一巴掌把香烟打掉在地。骂道：「日你妈，我叫你抽！」

巫丽雪弯下腰去捡，易风竹早伸出一只脚，把大半截香烟碾碎。杨芬芳慌忙过去，把易风竹拉开。巫丽雪看了看那沾着泥土的劣质烟丝，怒目圆睁，攥起了拳头。到了工地，巫丽雪就围着一行行的茶树转悠，啥也不干。苏润葭不再呵斥，让她转悠。其实，她心里明了：巫丽雪「快反常」了。

下午四点来钟，苏润葭高喊一声：「休息了！」原来，每天上午和下午，犯人都有一刻钟的休息时间。所谓休息，一般都是就地坐下，或许有人找个僻静地方拉屎撒尿。这时，只见巫丽雪走到苏润葭跟前要火柴，因为一个工区只许组长「有火」。

香烟点燃，巫丽雪转身没走几步，大家就听见了她的叫骂：「怎么样，我还是抽上了。你是个啥？你是条狗。想把我的烟掐了，没门！我当兵的时候，你大概还在穿开裆裤吧！」苏润葭听到第一句，就立即命令杨芬芳和张雨荷赶过去，跟在她的后面，听她骂些啥，要杨芬芳用心记下来，要张雨荷用笔记下来。

杨芬芳飞奔过去，猛烈击打巫丽雪的胸脯，说：「你找倒霉呀，别骂了！」

易风竹也跟过来，跟她对骂：「你个军犯，臭逼都被别人搞烂了，还摆啥老资格。」

杨芬芳急了，赶过去打易风竹，说：「是不是想让她多骂反动话，你好检举立功呀！」

易风竹闪开了，巫丽雪朝着她吐口水，继续说：「呸，你个女二流子，有什么资格管我抽烟？告诉你，就是李指导，张指导，也没资格管我。他断我的烟，我就断他的后！」最后一句，几乎就是在高喊口号，犯人都听见了。大山也听见了。半小时后，巫丽雪趋于平静，目光也柔和下来。然而，一切都晚了。

收工的时候，邹今图凑到杨芬芳身边，说：「今晚，李指导员千万别叫到我俩。」

杨芬芳捂着自己的耳朵，说：「谁叫你说！你一说，今晚肯定就是我俩。」

跟在后面的张雨荷，听不懂这话是个什么意思。回到监舍，没顾得洗脸洗脚，就问苏润葭。苏润葭告诉她：「今晚肯定不会读报了。」

张雨荷问：「那我们干什么？」

「批斗巫丽雪。」

「会上，李指导员会叫邹今图、杨芬芳两人做什么事？」

「捆人。」

张雨荷不再问了。她以现行反革命罪被五花大绑过，知道双臂被大绳一圈一圈勒紧，倒背身后，打上死结，高吊于横梁的剧痛，麻木和接近断气的窒息。她开始出虚汗，本来很饿的她，啃一口窝头在嘴里嚼上半天，就是咽不下去。

杨芬芳给她递来一杯热水，眨了眨眼睛，说：「你先喝点开水吧。」

接过来一喝，是甜的！问：「是蜜？是糖？」

她避而不答，只是说：「晚上开会，你要不舒服，就闭上眼睛。」

开会了，全体犯人集合在院子里，死一般的寂静。

李指导员站在高台，叫了一声：「巫丽雪。」

「到。」

「你站出来。」巫丽雪不肯出列。

李指导员喝道：「苏润葭，把她拉出来。」苏润葭一拉，巫丽雪身子一扭，躲开了。

李指导员又说：「杨芬芳，你去拉！」杨芬芳不大情愿的样子，皱着眉头走到巫丽雪跟前，说：「你就自己走出来，别惹指导员生气。」她听了，站出来。

「今天骂谁了？」李指导员的脸拉得很长，很长。

巫丽雪沉默，端端地站着，眼睛望着前方。

李指导员对苏润葭说：「你来说说，她今天骂谁了。」

苏组长答：「报告李指导员，巫丽雪是今天下午休息的时间，在工地上骂的，易风竹听得比我清楚，让她说。」

易风竹一点不含糊，来了个「一锅端」，说：「下午出工的时候，李指导员见她还在抽烟，说了一句：『你把香烟给我掐断！』巫丽雪就怀恨在心。等到下午在工地休息的时候，她跟苏组长要了火，抽上烟，就开始骂政府。她一边抽，一边骂：『怎么样，我还是抽上了。你是个啥？你是条狗！想把我的烟掐了，没门儿！我当兵的时候，你大概还在穿开裆裤吧？』我过去劝她，她当面吐我的口水，说：『你个女二流子，有什么资格管我抽烟？告诉你，就是李指导，张指导，也没资格管我。谁断我的烟，我就断他的后！』巫丽雪越骂声音越大，不单我一个听见，其他的犯人都听见了的。」

刹那间，李指导员脸色煞白，高喊：「杨芬芳、邹今图拿绳子来，把她绑了。」

邹今图跟着苏润葭回监舍拿绳子（每个监舍的门后都挂着绑人的绳子），杨芬芳急得直摇巫丽雪的肩膀，狠狠地说：「你赶快给李指导员认错，求求他吧。」

巫丽雪像没听见，眼神发直，嘴角挂着笑。

绳子拿来了。李指导员瞥了一眼，说：「邹今图，你心疼她呀，拿这么粗的？给我换成细的。」

犯人都知道绳子越细，就勒得越紧，如果捆的人使狠劲，绳子能勒进肉里头。身体健康的人，也顶多只能承受一个多小时。细绳子一圈一圈地从巫丽雪两只胳膊开始绑起，柔软的绳子变得无比的锋利，它是刑具，又叫戒具，大概几千年前就有了，用来捆绑奴隶。最简单的刑具，也最厉害。

捆好后，该批斗了。也许巫丽雪骂人的话，灼伤了李指导员的痛处。他披着军大衣快步从高台走下来，站到巫丽雪背后，用手一拉绳子，便发现了问题，大怒：「这是捆人吗？稀松成这个样子。邹今图，杨芬芳，你俩给我重来！」

她俩捆了两圈，李指导员一掌把杨芬芳扇开，说：「你给我让开！」他把军大衣递给卫生员吴艳兰，索性自己动手。捆完，又把邹今图捆好的绳子，拆了重来。当把巫丽雪倒背的双臂使劲抽紧，向上猛提的一刻，只见巫丽雪惨叫，双脚离了地。而站在苏润葭后面的张雨荷，开始全身抖索。

李指导员紧挨着巫丽雪，几乎是脸贴着脸，怪声怪气地问：「你说，谁是狗？你要断谁的后？」巫丽雪疼得龇牙咧嘴，全身扭动，却不说一字。

「谁是狗？你要断谁的后？我要你给我说！」她依然沉默。

「我要你给我说！」随着这句问话，李指导员用拳头朝着巫丽雪迎面打去，一拳，打左眼，一拳，打右眼，又一拳，打鼻梁。血从鼻孔喷涌而出，顺着嘴巴流到脖颈。接着，用穿着硬头皮靴的脚，死命地踹她的腰。那美丽的腰，被踹过来；那纤细的腰，又被踹过去。努力想站住的巫丽雪，没能站住，一头栽倒在冰凉的地上，尿顺着裤腿流了出来。

张雨荷来不及闭眼睛，人昏了过去，整个人前扑在苏润葭身上。

杨芬芳大声报告：「张雨荷昏死了。」

李指导员说了声：「解散！」提着军大衣走了。

巫丽雪一声不吭地昏死过去，所有的犯人都躲进监舍，没人敢到院子里走动。

一小时以后，李指导员发话了：「叫杨芬芳给巫丽雪松绑。」

杨芬芳跪在地上，两手抖得根本不听使唤。她叫邹今图帮忙。巫丽雪两只胳臂是乌黑乌黑的，绳子勒进了肉里，皮勒烂了，形成道道血痕。

张雨荷也被人抬进了监舍，抬到她的铺位，让她平躺着，盖上被子。她不知道自己什么时候醒来。睁眼一看，是杨芬芳、姜其丹站在她的铺位前头，不禁放声大哭。姜其丹俯下身，低声说：「你不能哭，有人会检举的，说你同情反改造分子。让李指导员知道了，跟着就要弄你了。千万别哭啊。」说着，她把一只手伸进被子里，在张雨荷的胸口上按了按。张雨荷觉得胸前放了个小东西。伸手一摸，是十字形状，啊，十字架！像是用铁丝做的。张雨荷立刻想起小时候读教会小学的情景，慈祥的女老师讲着耶稣的故事，神圣而温暖；她站在课桌前高声朗诵，结束的时候，教室里会响起风琴，温暖而神圣……她一把将被子拉过了头顶，泪水顺着眼角滚落，打湿了枕头。

她知道：以后在夜里听见狼嚎，也不那么凄厉了。

第四节

起床的哨子，收工的钟。

第二天，起床哨声响了，值班的干部是邓梅。昨夜的一幕，她当然知道，何况巫丽雪是自己监管的犯人。她把自己关在房间，没出来看一眼。

都起床了，只有巫丽雪躺着。要是在平时，积极的苏润葭就会催促起床。她把杨芬芳叫来，说：「你掀开被子，看看。」

杨芬芳掀起一角，脸色顿变，对苏润葭说：「你赶快去报告邓干事吧。」

见邓梅来到巫丽雪的铺位，正在吃早饭的二工区犯人以及其他工区的犯人，或啃着窝头，或喝着稀饭，一起围拢来。

邓梅喊了声：「巫丽雪。」没丝毫的动静。

她对苏润葭说：「把被子揭开，手别太重。」苏润葭还是叫杨芬芳动手。被子掀开了：巫丽雪满脸血污，肿成了大皮球，那双大大的眼睛和长长的睫毛都看不见了，看到的是一条缝。全身呈青色，紫色，像一只深秋的茄子，弯曲在那里。人生好与歹，短与长，都靠命来支撑。她是个什么命？邓梅眼圈红了，她让苏润葭把卫生员吴艳兰叫来，问：「你看该怎么办？」

吴艳兰答：「报告邓干事，这里只有药酒和治跌打的膏药，我担心她的肾脏和骨头出问题，恐怕要抬到山下的医院检查才行。我昨晚一夜不敢睡，怕她出事。还好，挺过来了。命大啊！」

苏润葭也顺着说：「她够要强的。整夜不哼一声。」

邓梅想了想，说：「那就先观察一天。杨芬芳，你就在监舍陪着巫丽雪，看护好，一有情况就报告我。」又对张雨荷说，「你晚一点出工，先和杨芬芳一起给巫丽雪清洗，擦药。做完了，你到办公室来，我有话问你。」

杨芬芳见邓梅转身要走，追上去说：「报告邓干事，你能不能跟司务长说一声，请给巫丽雪发一条新棉裤。昨晚都打出尿了，棉裤全都湿透。现在是春寒，我就是把她的裤子洗了，她也没的替换。请政府宽大一次吧！」

杨芬芳被允许从队部库房领取新棉裤。她对张雨荷说：「你跟我去库房吧，顺便还可以打开你的皮箱看看，要不要取点衣服？」请示邓梅，她同意了。

皮箱里的东西的确有些发潮，但也毫无办法。当张雨荷取出了一件厚的长袖衬衫，准备重新锁锁起来的时候。杨芬芳突然说：「我能把一本书放到你的皮箱里吗？」

「什么书？」

「《普希金抒情诗集》。」

「监狱里能让读普希金？」

「不许，只许读鲁迅。我是偷偷带进来的。每次监舍大检查，我都紧张得要命，东塞西藏的。要是能放进你的皮箱里，我就放心了。」

「你再要想看呢？」

「我不用看，长诗看不懂，短的大都背下来了。」

张雨荷简直不敢相信，她把《普希金抒情诗集》背了下来：「你给我背几句，听听。」

「我背首《哀歌》的后半段吧——」

早开的希望的花朵凋谢了；
生命之花被折磨得憔悴！
青春忧伤地从眼前飞逝，
生活的玫瑰也将一起枯萎。
但是被爱情遗忘的我，
却永不忘记为爱情而流泪。

张雨荷激动万分：「天哪，让我在监狱听到了诗歌，还是普希金的。诗集到底是怎么弄来的？」

「是姐夫塞给我的。」

「知道吗？送这样的诗集很有可能是暗示他爱你。」

杨芬芳虎着脸：「别瞎说！他和我的姐姐是恩爱夫妻。」

张雨荷说：「这你就不懂啦，男人可以同时爱着两个女人的；女人也可以同时喜欢两个男人。」

杨芬芳望着窗外：「我不会，我要一个一个地爱。」

吴艳兰送来紫药水，碘酒，药酒，跌打膏药，跌打丸，以及卫生棉。杨芬芳、张雨荷俩人先用拧干的热毛巾，一点点给巫丽雪擦洗，再上碘酒。她被打得皮开肉绽，碘酒涂上去，非常疼。这时，巫丽雪开始呻吟，一声接一声，眼里流出了泪水，一滴接一滴。她问：「我的眼睛怎么睁不开了？」

杨芬芳说：「因为你的脸是肿的，过几天就好了。」

巫丽雪艰难地说：「我能多休息几天吗？所有的筋骨都断了。」

杨芬芳问：「你知道自己为什么被捆，挨打吗？」

巫丽雪停顿了好久，艰难又迟疑地说：「我怎么想不起了，是不是为了一支香烟？」

张雨荷一下子哭着跑了出去。

杨芬芳用手指梳理着她浓密的黑发，说：「好在我们的工区干事是邓梅，她会让你多歇几天的。瞧你，现在脑子多清楚啊？可当时为啥要骂那么多。谁也劝不住你。」

巫丽雪反问道：「我骂人了吗？我骂谁了？我怎么一点印象也没有啊。」

一个人，前一分钟像爆竹筒的安静，后一分钟是火花四溅的炸裂。有谁相信？

张雨荷来到队部办公室门口，立正：「报告邓干事，张雨荷到。」

邓梅说：「你跟我到宿舍去吧。」劳改干部的宿舍，陈设很简单：一张床，一张桌子，两把椅子，一个柜子，一个脸盆架，以及一些小杂物。但家具的木质都非常好，是由犯人到深山老林砍伐的楠木、樟木等高级木材制成。

邓梅看着她有些吃惊的神态，说：「你感到意外吧？我告诉你。我们的劳改队，都设在气候很坏、条件很差的山区。你们犯人判刑是有年限的，十年，十五年，二十年，可我们这些干部实际上都是无期，一辈子终老山林。」自看押以来，张雨荷还是第一次听劳改干部如此直白又略带伤感的谈话。

邓梅问：「找你来，知道我要说什么吗？」

「昨晚把我吓昏了，请邓干事批评吧。」

「我正是为昨晚的事情找你。不是批评你，是要告诉你——劳改干部也是各式各样，既有李指导员这样的，也有我这样的。无论遇到什么情况，你都要接受，也要习惯。你当然会有看法，但只能放在心里，不许说出来。记住了。」她从放食品和餐具的碗橱里，拿出一个纸包和一把粗挂面，交到张雨荷手里，说：「我切了一小块腊肉，还有一把挂面。你把它们交给犯灶，说是邓干事送来的，给巫丽雪做些腊肉面。」眼下情景和昨晚场面一样地突如其来，同样地不可思议。张雨荷百感交集，她一手拿面，一手拿肉，向着邓梅深鞠一躬。

「你可以走了。」邓梅说。

张雨荷没挪步，说：「报告邓干事，我能提个问题吗？」

「说吧？」

「巫丽雪为什么每晚要戴手铐？」

邓梅答：「这是她第二次戴手铐了。第一次戴是因为说反动话，惩罚就是白天外出劳动，晚上戴铐睡觉，为期半年。摘掉不久，一次监舍大检查，杨芬芳发现她有个纸烟盒，里面放着一些老皮。杨芬芳不报告，也不上交，就丢在一边。苏润葭捡起来看，一眼就认出来了，说这是手铐把腕子磨出的茧子皮，巫丽雪把它一层一层剥下来留着，还攒起来。这是干啥？当然就是牢记阶级仇恨，准备着反攻倒算。这样，她的手铐又戴上了，戴到现在。」说到这里，邓梅叹了口气，「她再要想摘铐，难了。我只要希望她不再添乱，就好。」

从此，每天收工回来，张雨荷都要向邓梅的宿舍看上一眼。邓梅在，她的心头似乎就踏实一点。

第五节

秋天来了，太阳黯淡了，花草萎缩了，整个大地的颜色也消褪了。偶尔有个失群的鸟，在稀疏的林子里孤单地鸣叫，似乎提醒着人们冬季来临。在这个季节，中国有个传统叫「秋后算账」，还有个传统叫「秋后问斩」。整个劳改队，弥漫着肃杀之气。一天，是中队长当班。他告诉所有的女犯：「明天，大家下山到场部的大院开『宽严大会』。」遂又叮嘱，「今天大家要好好干活，收工的时候，要把工具都一一清点，在工棚里放好。」大家听了，都挺兴奋。

易风竹回到监舍，即反复唠叨：「管它谁减刑，谁加刑，反正明天可以不劳动啦！」张雨荷原来不明白犯人们笑容满面的缘由，听了易疯子的话，恍然大悟！也跟着高兴起来。关押时间久了，囚徒的情感，她们的喜怒哀乐自会发生很大的变化。就拿喜事来说，不再是自己的生日，在劳改队再也没有比「今天不劳动」，更让你高兴的喜事了。

第二天，天气好个晴朗，高高的天空，淡淡的白云，一眼能看到远山清晰的轮廓。到劳改农场的场部开大会，就像深锁幽闺的小姐忽然被容许出门了。女犯们头晚就把头发洗干净，把棉袄脱下来，准备好要换上新的劳改服。第二天，个个精神得很。有的特意在里面穿上件花衬衫，把领子翻出来。别看只露一个花花的衣领，那样子还真有些不同了。有的找出有颜色的围巾系在脖子上，有风吹过，围巾像蝴蝶翅膀一样，上下翻飞。唯一不打扮的，是易风竹。她也忙，忙着骂那些对着镜子照了又照、把头发梳了又梳的人：

「快看到男犯了，你又痒了吧？」

「你照什么呀？还不到厕所去换条内裤，想那东西，都想死（湿）了吧。」

「你把裤腰带扎紧点，别到了会场，它自己就松了……」

要不是苏润葭从背后给她一掌，估计一直要骂到开会。

犯人集合好了，每个犯人手里都提着一个小板凳，单等那一声「出发」的口令了。站在高台上的中队长，忽然喊：「杨芬芳，邹今图，你们到队部来！」

犯人们你看我，我看你，不知又有何事。关押的人都敏感，从你咀嚼的样子，能判断你吃的是什么。本事吧！那是在绝对封闭环境里，练就的功夫，绝活儿。过了片刻，见杨、邹二人从队部办公室里，抬出一个行李卷、两个大手提袋，以及一个纸箱。

「谁的？」犯人队列里，悄声嘀咕起来。

张雨荷也这样问苏润葭，她瞪了一眼：「问啥？看嘛。」

没几分钟，李指导员全副打扮地出了干部小食堂。后面是整个中队的干部笑眯眯地陪着，走着。

犯人像击鼓传花一样地传递着一句话：「李指导员要调走了！」刹那间，每个犯人的脸上都涂上光泽，唯巫丽雪除外，她倒板着个脸，若无其事的样子。

据说，这属于正常调动，与捆绑殴打女囚无关。要是计较这一点政策「疏忽」，劳改干部就都要走光了。李指导员患哮喘病，报告打了无数，要求调离设立在山之巅的劳改农场。今天，在冬季未到、秋光大好的时刻，他终于如愿。但在犯人的心里，总觉得他的调离与暴打巫丽雪多少有关。

队伍出发了，走在最后面的，是背着沉重行李的杨芬芳、邹今图，和行李的主人李指导员。下坡路走起来如秋风扫地，有时候跟小跑一样。

大会是在一个很大、很大的广场里举行的。男犯黑压压一片，而女犯的人数就很少了。有的男犯特地从板凳上站起来，伸长了脖子看女犯入场。张雨荷问苏润葭：「谁也不认识谁，这些男犯看啥？」

苏润葭答：「这你就不知道了。一个案子里有很多同案犯，比如通奸杀人，投机倒把，聚众斗殴，流氓团伙，盗窃集团，反革命集团。判刑后，一个案子的罪犯一般都集中在一个劳改场所，女的在女队，男的在男队。平时是根本看不到的，只有这么个开大会的机会，可以远远地看上一眼。所以，有的女犯要打扮一番，也不是为了勾引谁。再说，想勾引也勾引不到啊。她们打扮得漂亮，就是希望自己的男人，兄弟，同伙，或奸夫，能看到自己。」

「看上一眼，管啥用？」

「管用，起码知道对方还活着。」张雨荷听得心里沉甸甸的。

过了一段时间，杨芬芳、邹今图一前一后，单独走进会场。杨芬芳几乎集中了所有男犯的视线。丰满的身材，矫健的步履，美丽的容貌，褐色的短发，浑身如秋阳一般，透着发自内在的绚丽。杨芬芳知道在被人注视，迅速找到自己的位置，坐下，低着头。她的心里很清楚：那众多的男犯里，没有她的何无极。如果他不是死刑，而是死缓或无期，也一定在这里服刑。今天开会，他一定会把绣着红花的小手帕缠在手腕上，等女队进入广场的时候，把手臂高高举起，那朵红花在阳光下闪着亮。她想起刘庆生，他肯定重新找对象，谈恋爱。肯定又把那件红色灯芯绒外衣作为结婚礼物，捧了出来。她还想到了赵勇海，经张雨荷提示，也越发觉得姐夫暗中是喜欢自己的。但是二十年徒刑，他是不会守候的，再说还有姐姐陪伴——平时杨芬芳不大想这类事，除了劳动，苏润葭经常叫她干这干那，干事们也喜欢叫她做这做那，没时间想男人。今天不知怎么了？远远地瞥了一眼穿着囚衣的男人，那压制得很深的情思，竟奔涌而来。自己还是没能改邪归正啊！

开会了。

开头都是讲话，训话。因为这是一个全省也是全国最大的劳改农场，所以，上级很重视。每次大会，省公安厅、省劳改局都要派干部参加。据说，他们也喜欢到这里，因为有好茶喝，凑巧了，有时候还能拉一些好木材走。上级机关的领导总是先讲话的，内容不外乎表扬农场一年来茶叶生产成绩和改造犯人的业绩。面对犯人，自然要重申主席的伟大指示和政府的劳改政策。接着，是场长和政委的讲话。他们的内容则比较具体化。比如，谈生产，就会公布去年一年茶叶生产的具体数字；说改造，就会公布去年释放犯人的数目。大会的核心内容是「宽」与「严」，所有的人都等候着看这个「中心内容」，即究竟有哪些良好改造表现的犯人得到减刑，有哪些重大立功表现的犯人当场释放；又有哪些有反改造行为的犯人或重新犯罪的人获得严惩，大多为加刑。

劳改中队都设在山巅，犯人下山开会往返的路程要几个小时。加之，数千服刑罪犯集中一处，也怕节外生枝。所以，大会议程一律都是安排得异常紧凑，决不拖拉。先宣布减刑的，一共三人，最后一名，竟是苏润葭！

女犯们兴奋起来，苏润葭本人也大感意外，她左看右看，不相信政委读的是自己的姓名。邓梅赶到她面前，一个劲儿地说：「还看啥？就是你！赶快出列，站到前面去。」

她这才信了，顿时满脸通红，快步走到主席台前，另外两个获减刑的是男犯，刑事犯罪。三人并排站在一起，会场非常安静，大家认真听着省公检法军管会颁发的裁定书。三个人减刑原因基本一致，不外乎「主动接受改造，积极靠拢政府，劳动成绩突出」之类。但减刑的年头，却大有差异。那两个刑事犯，每人减刑两年，反革命罪犯苏润葭减刑半年。那么努力自我改造，恨不得把劳改队当成自己家乡生产队的人，怎么才减刑半年？这让张雨荷无论如何也想不通。再看苏润葭满头银发，她的心凉了半截：原来和刑事犯相比，反革命罪犯是在最底层。

在归途，张雨荷忍不住对旁边的姜其丹说：「费了老劲，怎么才半年？」

「哪怕减刑一天，也是政府的宽大。」姜其丹一句话，将她的话头打断。

晚上的学习会，因围绕着「宽严大会」主题谈感想和认识，学习会延长半小时。邓梅来到监舍，劈脸就问张雨荷：「开完宽严大会，在回队的路上，你说了什么话？」

张雨荷愣了：「我什么也没说呀。」

「好好想想，别人已经检举你了。」在邓干事追问下，张雨荷紧张得啥也想不起。

「你是不是说了一句：『费了老劲，怎么才半年？』」

「是。」张雨荷承认了。

「知道吗，这话是对政府不满。因为你刚来不久，我给你指出来，学习会上大家就不批判你了。」

学习会结束，张雨荷故意走到姜其丹面前，用自言自语的口气说：「看不出这里还有犹大。」

姜其丹一把抓住张雨荷的肩膀：「你怎么就断定是我告密？不想想自己说话的声音有多大？要不是我说句『一天也是宽大』，不知道你后面还要发多少牢骚。」

张雨荷又愣了。

快熄灯了。邓梅传下话来：「明天，杨芬芬和邹今图下山，到场部接新任的指导员。他姓孙。」

第六节

杨芬芳和邹今图早晨出工的时候，就下山了。到了下午两三点，背了几件简单的行李，回到中队。跟在她俩身后的，有个中年男人，女犯们说：他肯定是新派来的指导员！

新指导员叫孙志新，身材不高，但很结实。眼睛不大，但很精神。最突出的地方是青青的胡须和红红的嘴唇。他穿着随便，吃饭总是蹲着，不爱说话。据说是从某个特殊部队转业过来的。要是他到县城里，走在街上，谁都会以为他是某个店铺的售货员或收货员。孙志新出生在农村，中农出身，排行老大。家里供他读书识字，之后，他就独自出门闯荡：务农，做工，当兵。二十来岁的时候，回家成了亲，女人比他大几岁，有一个孩子。他似乎没把家当家，也就每年的春节，回去看看罢了。孙志新表面看似木讷，骨子里却很精，学什么都比别人快，记性也好。这多少与他受过特殊训练有关。他来到女犯中队没多久，就跟所有的干部关系搞得很融洽，邓梅说他为人憨厚随和，又讲义气，说话很中听。犯人也没见他怎么训话，顶多讲几句有关生产方面的事情。一次，他来到茶园，听见苏润葭给二工区的犯人布置生产任务。听完，他对这个苏组长说：「我看，你比邓梅懂茶园管理。」这话把苏润葭吓死了，嗫嚅道：「孙指导员，千万别这么说啊，传出去，我苏润葭的脸就没地方搁了。」

孙指导员眼睛一瞪：「我说的是事实。你怕啥？当着邓干事，我也会讲。你要在外面，当个公社大队长也轻松得很。」

按说，指导员负责一个中队的政治工作，当紧紧抓住犯人的思想动态，牢牢掌握改造与反改造斗争。一些喜欢靠拢政府的犯人，见来了新指导员，便喜欢主动上前递交揭发材料，居然发现他看也不看，就转交给工区干事去处理。有的犯人是口头告密，孙指导员似听非听，眯起眼睛看着远处。等那犯人说完了，他仍眯起眼睛继续看着远处，谁知道他到底听进去没有。半天才说：「你报告完了吗？」搞得告密者很有些狼狈。

孙志新对巫丽雪，也不同于前任，除了让喜欢检举的骆安秀「盯死」之外，就没见其他的举动，连工区的批斗会也不开。但是，他对骆安秀等人每天交上来的检举材料非常重视，看过，觉得有必要的话，会连叫几个犯人来核实。有的还要补写材料。

女犯也看出来了，孙志新不喜欢的犯人，不是像巫丽雪这样的反改造分子，而是易风竹。这让二工区的女犯多少觉得有些奇怪。一日下午，大家在茶园除草，这是很累很重的活儿。即使再熟练的犯人，一不小心也会让荆棘刺破手掌。易风竹不割草，她的任务是把割下的草集中起来。这个活儿相对轻松，只要闲下来，她就开始骂人了。

正骂得起劲，突然有人在喊：「易风竹。」

抬头一看是孙指导员，她转身就跑。

「站住。」

易风竹乖乖地站好了。

孙志新慢慢走过来，把两只手抄在袖管里，问：「我站在这里快半个小时了。你也足足骂了二十来分钟。看了你的档案，婚姻状况一栏里，注明是个未婚。可你骂人，专骂男女床上事，各种花样，都能形容出来。你哪里是处女？简直是个女流氓。苏润葭，今晚吃过晚饭，你们二工区不要读报了，大家集合起来就听她骂人。看她不重复地骂脏话，能骂多长时间。」犯人都笑了，包括严肃的苏润葭。

当晚，孙志新真的到了二工区监舍。犯人不由得紧张起来，以为要开批斗会。易风竹自觉地站到监舍当中，两眼泪汪汪，一个劲儿求饶：「孙指导员，你放过我吧！看在我无父无母，无儿无女，要在劳改队过一辈子的份儿上。」

「那你说说，为什么要骂人？」孙志新问。

「我错了嘛，我错了嘛……」易风竹不停地重复，却不回答孙志新的提问。

犯人们捏了一把汗，要是换了李指导员，那铁砂掌早就扇过来了。过了十几分钟，孙志新走了。

易风竹站在那里，自己也不知道该做什么。

脸色不大好看的苏润葭对杨芬芳说：「今晚的学习会算个啥，你去请示孙指导员，我们是批判易风竹，还是读报？」

杨芬芳带回来口信：「要易风竹立下口头保证，不许再骂脏话。我们接着读报。」易风竹松了一口气。

犯人准备睡了，有的已经钻进被窝。邓梅来到了二工区监舍，对苏润葭说：「刚才孙指导员问我：巫丽雪最近的表现怎么样？我说，春天过了，她不乱说了。孙指导员指示——把她手铐摘了；若再说反动话，就再铐嘛。」

邓梅拿了手铐，走了。犯人你看我，我看你，谁也不说话。巫丽雪笑了，露出细密又洁白的牙齿。那笑容意味着一种幸运，而非幸福。

中秋快到了，劳改队是不过中秋节的。

炎夏早早地溜走了，高原到处都是透明的，连空气都透着亮儿。这天，孙志新和几个干事在队部办公室，围着一张方桌打扑克，嗑瓜子，有说有笑的。显然，这个指导员随和使整个中队的干部也活跃多了。

孙志新突发奇想，对陈司务长说：「我们买点鸭子来吃，怎么样？」

「好呀。你说买几只？」

「我是说买一百来只回来，按人头数，干部和犯人一人一只。别让这些长期关押的犯人，守着个猪肉吃到死。你来算票子，我去找鸭子。」

「票子没问题，犯灶的钱是月月有结余。不是克扣她们，问题是三百六十五日，天天蹲在这个山头，这钱，你就是想花也花不出去呀。」

「好，就这么定了！」孙志新一拍桌子。

胖胖的陈司务长大笑：「那咱们就来酱鸭子，烧鸭子，炖鸭子！」

几天后，陈司务长值班。她站在高台，一边编辫子，一边早点名。点完了，高声道：「为了改善你们伙食，体现政府的宽大为怀，孙指导员已在山下买好一百五十只鸭子，中午的时候，联系好的卡车会把鸭子开到农场厂部。杨芬芳、张雨荷你俩吃过早饭就下山，到厂部等孙指导员。都是活鸭子，你们要赶着走，可能要后半夜才能回来。所以，到犯灶拿两个窝头和咸菜做干粮。」监规是不许犯人高声喧哗的，否则，全队就会欢呼起来，好像鸭肉已经吃到嘴里，嚼一下，油油的，再嚼一下，香香的。

都出了工，杨芬芳和张雨荷回到监舍，笑得都合不拢嘴了，美差，绝对美差！明知这活儿辛苦，她们愿意！生活太平淡了，无声无息，无色无味。人的一切感觉和感情都被挤压到黑黑的底层，再往下就该进入到死亡的段落。而今天不同，哪怕只有十几个小时，她们终于要有点声息，尝点色味了。

俩人都换了件干净衣服，张雨荷还带上母亲寄给自己的钱和粮票，很快收拾停当，下山了。是个好天气。

山峦，树林，山涧，都浸沉在无风的恬静和明朗的阳光之中。当她们在场部看到孙志新的时候，已经过了正午。

孙志新的胡子是刚刮过的，头发也是刚理过的，人一下子精神了许多：「你们还没有吃午饭吧？」

杨芬芳答：「报告指导员，陈司务长给我们带了窝头。」

「你们把窝头放好，跟我来。」

张雨荷问：「鸭子呢？」

「关在木栅栏里，有人看着。」

场部除了是劳改农场办公的所在，还有一个供销社，一个邮电所，一个理发店，一家小饭馆。孙志新带杨芬芳、张雨荷进了小饭馆。所谓饭馆，也就是一间屋子，几张狭长的木桌和条凳。因为过了午饭的时间，只有一个干部模样的人，就着一碟油炸花生米喝着烧酒，那情景与神态在张雨荷眼里，实在是久违了的美味和自在。

孙志新叫这两个女犯坐下，对小店主说：「给她们先倒两碗开水。我买两张烙饼，两个茶鸡蛋，找张报纸裹好，给她们带走，都不在这儿吃。」

「那你呢？」小店主问。

「吃过了。」

「要不要喝点？」

「不喝。」

张雨荷憋足了勇气，涨红了脸说：「报告指导员！喝吧，我出钱，你喝点酒，我想要份花生米，油炸的！」

孙志新的眼神突然变了，变得很温柔，笑嘻嘻地对张雨荷说：「我不喝酒，你可以买一碟油炸花生米。」

张雨荷起身：「谢谢政府对我宽大！」

孙志新一摆手，让她坐下：「我知道你父母都是解放前留洋的，自己也算得是个小姐了。你从前看一场梅兰芳是幸福，现在，你吃几粒花生米是快乐，我没说错吧？」这话，把张雨荷弄得反而有些伤感。

很快，小屋里弥漫着油炸花生米的气味，张雨荷几年没闻过了，闻着就垂涎欲滴。油炸花生米也做好了，烙饼做好了，茶鸡蛋做好了。饼和蛋的钱是孙志新付的。

他把饼和蛋递给杨芬芳，说：「你俩算是过中秋吧！」两个女犯赶忙站立，要表示感谢。

孙志新抢先说：「你别说感谢政府，是我掏的钱，我也不会到司务长那里去报销。」

俩人开心透了，杨芬芳感慨地说：「报告指导员，我服刑多年了，这是第一次。」

「第一次什么？」

「第一次……」孙志新的追问，让杨芬芳不知该往下怎么说了。

张雨荷抢了一句：「报告指导员，我替她说吧——这是她多年来第一次吃烙饼和茶鸡蛋。」

孙志新摇摇脑袋，看着脸红了的杨芬芳：「不要你讲，我要她说。」

杨芬芳不好意思了：「第一次遇到这样的指导员。」孙志新满意地笑了，露出一口白牙。

出了饭馆，他叮嘱道：「烙饼，鸡蛋，和花生米，你们在回到中队以前，一定要吃光，吃完。」

张雨荷说：「报告指导员，我太感动了……」孙志新就像没听见一样。

木栅栏里，是一大群毛色灰灰、屁股肥肥的鸭子。它们比人悠闲多了，有的静静地蹲伏着，有的在悠闲地啃食着草叶，有的昏昏睡去。杨芬芳、张雨荷走进栅栏，它们全都惊动了，个个伸长了脖子，叽叽呷呷，挤来挤去。

孙志新拿着两根竹竿，分别递给杨芬芳、张雨荷，说：「这就是赶鸭子的家伙。」又问，「怎么样，张雨荷不怕吧？你们就慢慢赶吧，这就叫赶鸭子上架，呱呱叫。我已经给陈司务长打了电话，告诉她，你们大概要天亮才能回队。好在，你们有粗粮，还有细粮。累了就歇脚。就是别把鸭子赶丢了，走一段路，杨芬芳你要点点数，一百五十只，一个也不许丢。你们先走，我还有事。记得半山腰有个洞子，把鸭子赶进洞里，你们可以歇脚。」

杨芬芳说：「报告指导员，那我们就走了。」

「走吧。」

鸭子走得真慢，一摇一摇的，它们还喜欢横着走，东跑西跑。一只鸭子走远了，让它重新入群，不知道要费多大劲，耗多少时。刚翻过一座山，已是大汗淋漓，天色渐暗，有了凉意。俩人丝毫不觉累，也不觉冷。因为可以顺便说话了，还有大山守护，溪水聆听。再说，怀里还有饼，蛋，花生米！既有那么多的时间，用来随心所欲，张雨荷便问起杨芬芳的案情。她细细地讲了——那本《青春之歌》，那桃色的背心，那大红灯芯绒外衣，那绣有小红花的手帕……她语调平静，偶有停顿。

「你想念何无极吗？」张雨荷小心地问。

「怎么不想？想到心窝痛。可是，什么都经不住时间的磨蹭，时间一久，那心思就淡了，加上从早干到晚，也就不怎么想了。」

「真的不想吗？」

「我也不知道，大概是我的心里已不存在什么感情了。」

「再遇到男人，你还会生出新的感情来。」

「我和老刘不是夫妻，和无极才是夫妻，夫妻只有一条命，我现在是替他活着。可惜，相处的时间太短，没能给他生个孩子。有了孩子，他的母亲不会寻死。」

「别太自责了，你不是也赔上了二十年吗？」

「可是，无极把性命都搭上了。这么多年，他是我的心病。」

夜深了。天空是暗蓝的，时有浮云飘过。一切都蒙在一望无涯的月光下，也清澈，也神秘。张雨荷望着夜空，想起自己的母亲——不知她此时是否也在遥望星空？眼看就是中秋，想必家里的月饼是准备好了，还有一串串的葡萄，紫色的，上面一层白霜。她想着，想着，一颗眼泪缓缓地从脸上流了下来。

杨芬芳问：「你想家了吧？」

张雨荷点点头：「想起一家人坐在庭院，围着藤桌吃月饼的情形了。等我二十年坐满，一家人早是散的散，死的死，永无团圆之日了。」

「别说了！所以劳改队是从来不过中秋节的。我第一年过节，也是哭。」

隔了一会儿，杨芬芳说：「我给你背几句诗吧！好久不背，都快忘光了。」

「好呀。」张雨荷心里，有一种被人关怀的感觉。

我们的玫瑰在哪里，

我的朋友们？

这朝霞的孩子，

这玫瑰已经凋零。

不要说：

青春如此蹉跎！

不要说：

如此人生欢乐！

快告诉我的玫瑰，

我为她多么惋惜，

也请顺便告诉我，

哪里盛开着百合。

诗背完了，张雨荷使劲地鼓掌，杨芬芳不好意思地笑了。

「你知道，诗中的玫瑰是指什么吗？」张雨荷问。

「反正是说男女间的事呗。」

「玫瑰象征爱情。」

「那最后一句的百合呢？」

「百合意味着坚贞。」

她轻轻叹道：「我没有玫瑰，也没有百合。」

杨芬芳反问：「你有玫瑰吗？」

「你和何无极多浪漫啊，我羡慕死了。要是我也能遇到这样的小伙子，情愿冒着枪毙的危险也要和他相爱。」

「怎么，你没遇到好男人？」

「我的家庭出身太坏，自己的思想又太反动，所以，没有男人敢爱我。」

杨芬芳眨了眨眼睛说：「你的话，我听不大懂。」

张雨荷笑了：「举个例子吧，有个男孩子对我不错，想跟我好。我对他说：『要娶我吗？你先想好。我是个危险人物，要是给抓进监狱，你能不能死等？要是给枪毙了，你敢不敢收尸？』」

「结果呢？」

「吓跑了。」

曾经的故事和伤口，成了女人的余韵。

从一上路，张雨荷就不停地吃，一会儿，咬一口饼，一会儿，嚼一粒花生米，吃完后，把茶鸡蛋拿出来，也吃了。

杨芬芳嗔道：「你这么快就吃完了，看你后半夜怎么办？」

「我从小就嘴馋，管不住啊。」

「刚来的人都饿。等你过上几年，肠子变细胃变小，就没那么馋了。」

到了山洞，杨芬芳叫张雨荷坐在洞边的石头上，歇脚。她一个人把鸭子赶到洞里。出来后，说：「我们吃夜宵吧。」

张雨荷拿出窝头，就啃。

杨芬芳拿出饼和蛋。撕了大半牙饼和茶鸡蛋，递给张雨荷。

她不肯收，杨芬芳急了，把茶鸡蛋举过头顶，说：「你不吃，我就把它扔了。」张雨荷默默地接过来。

泪眼凝望泪眼，亲切如水，静默如海。

第七节

草尖微微飞白，秋已然深了。

茶树到了这个时候，要喷洒一种浅蓝色的药水，叫波尔多液，主要成分是硫酸铜。它可以比较有效地防治植物病菌，也可以提高叶片的绿色程度。喷洒波尔多液，意味着茶园的最后一次防治。药水是勾兑出来的，随用随兑。晴天，喷洒效果好，雨天，喷了也白喷。这天，天气还好。苏润葭像个指挥官一样在派活儿，大部分人用锄头在茶树的根部或挖坑，或开沟，把一年堆积发酵的草肥和灰肥，深埋在沟底，再把翻出来的土覆盖好。这叫施底肥。第二年的茶树能否抽出一片新绿，就看底肥上足了没有，质量好不好。张雨荷、姜其丹等几个人，则用喷雾器喷洒药水。总之，大家分散得很，工地很清静，偶尔能听到易风竹自语般的骂声。

下午了，天空的云层尚未变厚，突然雷声从西北方向隆隆地滚动而来。接着，就是乌云乱飞，天地混沌，大风呼啸。一刹那，大雨倾盆落下。每个人都停下了手里的活儿，求助般地大喊：「苏润葭！苏润葭！」

平素收工前都要把工具收拾好，放到专门在山顶搭建的工棚里，由于中队院落里也有工棚，于是，这个设在山上的工棚，就叫外工棚。一个工区有几个外工棚。若养有牲畜，那就有专门的女囚喂养，也住在那里。只是存放工具的，就无需看守。骤然袭来的大雨，几分钟之内把人从上到下淋得透湿，头发贴着头皮，雨水顺着面颊流到裤脚。张雨荷冻得浑身哆嗦，蹲在茶树旁边不停地哭泣，泪水和雨水搅和在一起。

她问姜其丹：「这就是我们的生活吗？」

姜其丹抹了抹脸上的雨水，说：「你想哭就哭吧。除了我，没有人听见。」

「我不明白，为什么老天爷也要赶来惩罚我们？」张雨荷张着嘴，哇哇大哭。

姜其丹答：「上帝是公平的！把我给你的十字架，放在贴心的地方，你会平静下来，我们要坚持。」

很快，传来苏润葭的临时决定：「不收拾工具了，赶快回监舍！等雨停了再出工。」

高原气候像个爱发脾气、反复无常的孩子，一会哭，一会笑的。过了一个小时，大雨变中雨，再过半个小时左右，雨停了，风也歇了，天也晴了，远处还生出彩云。大家都换了干净衣服，以为不再出工了。还是苏润葭热爱劳改队，她说：「这样吧，也别再上山了，监舍后面的那块茶园还有些秋茶没采干净，我们就去采采茶吧，反正剩下的时间也不多了。」

大家都站到院子里，排好队，准备再次出工，这时孙志新从队部办公室走出来，对苏润葭说：「我刚才看了，你们的工具都撂在山上的茶园了，叫杨芬芳、张雨荷、姜其丹把它们收拾好。锄头放到外工棚，喷雾器要拿回到中队。」

苏润葭随即把外工棚的钥匙给了杨芬芳，说：「你去收拾锄头，让她俩去弄喷雾器。」

出了门，三人分成两路走。

当杨芬芳把最后一批锄头扛回到外工棚，她发现孙志新竟呆在里面，坐在唯一的一把带靠背的竹椅上，目光灼灼。

她意外极了，也慌了：「报告孙指导员，我收拾工具来了。」

孙志新帮她把锄头从肩上卸下来，迎面就抱住了她，嘴唇狠狠地贴到了她的脸上。

杨芬芳拼命挣扎，惊恐万状：「不，不……」

「接我到中队的第一天，我就看上你了。」

「不行啊，我又犯罪了。」她苦苦哀求。

「我不怕，你怕啥！」孙志新呼吸急促，表现出迫切的索求和激情，「你才是女人。我要你，要你。」他拨开她的衣服，把手伸到胸脯。

「啊——」杨芬芳起初还在躲避，不久就中止了挣扎。

一只手，伸向滑润的私处。孙志新有一种霸道的力量，让人痴迷。渐渐地，她也迎向他，像顺风的船迎向大海。多少年了！她又闻到了熟悉的男性气息。多少年了！满以为自己已经收起风情，幡然悔悟，却原来内心深处还是渴望着男性的抚爱与温存，并生起一种被眷顾、被疼爱的且带有惶悚感的幸福。惩处再狠，生命中有些东西还是刮不净、夺不走的，像性爱，像灵魂。她再次成为情感动物，再次踏入命中注定的世界。

他把杨芬芳的裤带松开，肥大的劳改裤随即滑落，裤子几乎全部堆到了地上，露出了丰腴的臀部和秀硕的大腿。孙志新俯身吻她的腿根，整个脸都埋了进去。他心疼地抚摸着杨芬芳的下体，神色有几许慌乱。

他坐在椅子上了，双手捧住她的大腿，激动地说：「我孙志新明明知道你是犯人，我是管犯人的，我一直在控制自己，但就是控制不住啊！」

杨芬芳：「孙指导员，你什么都别讲了。」

「叫我孙志新，你叫呀！」

杨芬芳费了很大劲，喊了一声：「孙志新。」

「对了，我们没界限了，就是男人和女人。」孙志新紧搂着她，「我们没有床，只有椅子，我委屈你了。」也脱下半截裤的孙志新叫杨芬芳转过身，用臀部对着自己坐下。

杨芬芳轻轻地坐下，软软地坐到他的怀里。孙志新纠正道：「不对，重来！你要狠狠地坐，这样就进去了。」

这样就进去了？她忽地懂了，用力往下坐，往深处，终于把自己完全淹没在男性的肉体中。在被支配的过程中，杨芬芳也将自己的身份遗忘，身体有些生涩、疼痛，但更多的是快感欢愉，她有些腼腆，更多的是亢奋。无论是紧张还是陶醉，他和她都远离了现实，逃避了尘世。

收拾好喷雾器和药水，张雨荷对姜其丹说：「我们要不要去外工棚找杨芬芳？」

姜其丹摇摇头，说：「不，就在这里喊她，等她，我们省得爬山。」说罢，二人齐声大喊，「杨芬芳！」

她应声而答：「听见了，马上来，你们一定等着我啊！」

见杨芬芳手忙脚乱，孙志新抱住她，说：「你别慌，就是不能慌！」

没几分钟，她跨出工棚，锁上门，一路小跑下了山，三人一起回到中队，回到监舍。好一阵，杨芬芳两腮红红，样子很美。

这一夜，杨芬芳失眠了。重重岁月去，遥想最初的爱情，也曾青青。何无极是一株不肯落叶的树，永远屹立胸中。她的枕头底下，那只男式上海手表和崭新的桃色背心静静地躺着，陪自己过了一年又一年。但是，靠思念是填补不了眼下生命中最空虚的时光。况且，女人无不希望有个男人可以相拥相靠。这个念头和欲望对无所依凭的杨芬芳来说，随着漫长的刑期愈发地强烈起来。有时候，她抚摸着自己丰满的乳房，竟能生出浓浓的惆怅和焦虑来！在实际生活中，抽象的、普遍的男人是不存在的！偏偏在这时，孙志新从天而降。从那天在厂部小饭馆里，自己不好意思地说了一句「第一次遇到这样的指导员」，让孙志新满意地笑了之后，她便有了一种预感，预感孙志新很可能就是一阵狂风，一场大雾，扑面而来，把自己掠走，又随之而去，再把自己抛下——孤独的杨芬芳需要这风，这雾。她为这个想法颤抖着，又备感羞耻。

这一夜，孙志新也没睡好。外工棚的偷情，像电影里的镜头一样，无数次地播放，重复。是的，他们互相需要，也许自己更为需要！四十多岁的孙志新，没有谈过带有暧昧情调的恋爱；结婚数年，也从来没有过性感的享受和乐趣。他和老家的女人从结婚到生子，完全符合道德标准和社会规范。在部队，他就感到生活的无趣，回到家里，也还是个无趣，似乎生活的意义就是「生下来，活下去」。自己从来就没年轻过，实在太操蛋了！孙志新喜欢看书，从《共产党宣言》到《红楼梦》，越看越觉得人生太枯燥，太单调。转业后，觉得自己真有必要重新活一遍，特别是要真的恋爱一次。但是，他没料到这场真的恋爱是和一个女囚！他也忧虑，但是在他触摸到杨芬芳的那一刻，便觉得自己的一生都徜徉在青春之中。荒原苍凉，灵魂赤裸，他愿意！愿意去冒险，去犯错，甚至堕落。

一旦撬开了心锁，也就撬开了欲望。有了第一次，也就有了第二次，第三次。孙志新手脚麻利，心眼活泛，每次幽会都是速战速决，片刻的灿烂，一瞬的惊惨，总搞得天衣无缝。这事对杨芬芳来说，心理上有很大的障碍，既被动承受，又心惊胆战。有时，大胆的孙志新看四周采茶的女犯离杨芬芳都比较远，居然能猫着腰、蹑手蹑脚走进她站的茶树跟前，一把抱住，按在地下。两人滚到一起，紧贴着，彼此倾听那几乎不成人声的喘息。采茶是个埋头看茶、手指头动个不停的细致活儿，讲究眼到手到，手到眼到。一头扎下去，一行茶树采下来，就是几十分钟，很难顾及到旁边的人。孙志新到茶园只观察了半晌，就发现了采茶工的特点。他想，这实在是一个「天为被，地为床」的良机。偶尔为之，他能获得极大的满足。透过茶树的缝隙，零碎的阳光散在杨芬芳的脸上，她就是一抹光泽，香艳明媚。又像山茶花，经过光照露水，越发地受看了。这让孙志新疼不够，爱不够。

杨芬芳很不喜欢在茶园的野合，多脏，多险！完全是机械式操作。无奈，自己是个女囚，一筹莫展了，又能怎样？无法制止，更无法终止。每当她用草纸擦净私处，提起裤子，扎好裤带的时候，她都恨自己，恨自己下贱，对不起无极。

一般来说，通奸杀人犯的家庭是瓦解得最快的，她们的家属很少寄东西给犯人，信也很少。「文革」爆发，自从有了像张雨荷这样的现行反革命罪犯，家属寄信、寄物的才渐渐多了起来。隔一段时间，场部会来电话通知，要女犯中队来取包裹和信件。这样的活儿，如果是孙志新当班，自会派杨芬芳去。他偷偷塞给她钱，叫她买些糖果、鸡蛋、挂面来吃，以滋补身体。当然，他给的钱不会太多，杨芬芳也不会买太多。多了，就会生疑：女囚每人每月两块五，她的钱怎么比别人多呢？又没有外援。犯人们首先会怀疑这个人是不是偷了别人的钱。一旦检举，就搞大搜查，天翻地覆的。

这一天，场部来了通知，叫女犯中队去取包裹。邓梅派邹今图去的。她一回来，就笑嘻嘻对杨芬芳说：「有你的包裹，还很大吔！」

「别骗我了。」杨芬芳不信。

她知道自服刑以来，没人再关心自己了，包括姐姐杨婉芳。她很理解：姐姐和姐夫是公社干部，妹妹是反革命罪犯，只有划清界限，才能继续在公社工作。她只有选择遗忘，来拯救自己。

吃过晚饭，邓梅果然在喊：「杨芬芳，来领包裹。」

「怎么样？我没骗你吧。」邹今图说。

杨芬芳一字不答，带着忐忑的心情，到了中队办公室。屋子里除了邓梅，还有孙志新在场。桌子上，放着一个鼓鼓囊囊的大包裹。地址和收寄人都是用毛笔写成，其中赵勇海三个字，特别显眼。她的心猛地紧了：为什么不是姐姐？

邓梅把大剪刀递给她说：「把它剪开，要检查。」

杨芬芳小心翼翼地剪着，生怕剪破包裹布，这可是一块新布啊！拿它可以打补丁，可以做鞋垫。

孙志新双手插在裤袋里，问：「赵勇海是你什么人？」

「姐夫。」

孙志新像是在开玩笑：「哦，姐夫给小姨子寄东西。」邓梅没听出什么意思，但杨芬芳嗅到了一股醋意。

包裹拆开了，杨芬芳一看就傻了：全是姐姐穿过的七八成新的衣服，单的，夹的，棉的。还有没穿过的几双袜子，姐姐平素舍不得穿的一件咖啡色粗呢外套，也寄来了。

杨芬芳自语道：「姐姐怎么啦？」

咖啡色粗呢外套的口袋里斜插着一封信，信封的大半露在外面。显然，是为了「亮」给监狱检查人员。孙志新抽出来，递给邓梅。邓梅和孙志新一起看；看罢，两人一句话不说，递给了杨芬芳。

信用横格纸写的，钢笔字体，只有一页，字迹清晰细密，是赵勇海写的。内容如下——

芬芳妹：

当你看到寄来的包裹里面都是婉芳衣物的时候，你大概已经猜出我要告诉你的是个不幸的消息。是的，你的姐姐，我的妻子婉芳在五个月以前去世了。

她死于心脏病，具体地说是心肌梗死。但我很清楚，她其实是死于自责、愧疚和思念。从你被人押上囚车，从何无极被枪决，从何老太上吊，婉芳就病倒在床。她辞去了工作，搬到石壁村，也就是回到你们姐妹生活的家。

中医西医都看了，病不见起色，反而是越来越重。人家都说你姐害的是心病。后来，她就不看医生了，终于支撑不住。临走前，她拉着我的手，说：「不管你将来是否再婚，一定要照顾芬芳。」我对她发了誓，她才合上眼。

芬芳，你也别太难过。伤了身体，九泉之下的婉芳会责怪我的。你要好好劳动，好好改造，争取减刑，提前释放。到时候，我会到农场大门，接你一起回家。

姐夫赵勇海

杨芬芳捏着信，痛哭失声。捧着包裹回到监舍，任谁来问话，也是不答，倒头就睡。半夜，女囚还可以听到她的隐隐哭声。她已知道，家是人生最长最久的依恋，自己现在已无家可归，是个孤人了。红颜一朝老，流年把人抛。留在心里的是一片空虚，握在手里的是一把苍凉。在这寂冷的夜，隐隐作痛的是那株「冬天让你砍下树枝取暖，夏天我用树荫让你乘凉」的大树，时刻刺向心尖并流出血来，一滴，一滴。

每晚点名后，整个中队的围墙前门、后门都要上锁。之后，便有两个女囚值夜班，又叫守夜。所谓值班，其实就是俩人对坐至天明。主要的任务是遇到意外情况，立即向值班干部报告。由于女犯很少有越狱逃跑的，所以，这种意外也就从未发生过。夏季值班还好过，到了冬季，那就太冷了。中队干部对她们也有照顾，俩人容许烧个炭盆。每人发给二两大米，半夜一点左右可以就着炭火，煮点稀饭喝。

深秋过后，就是初冬。在高原山区，没有什么初冬，只有冬季，一个严寒又漫长的季节。大地覆满霜雪，坚硬得很，太阳出来，也不融化，踩在脚下，簌簌作响。时有寒风吹来，几张枯黄的叶片猝然脱离枝干，如纸钱般在空中飞舞。

孙志新夜里曾和值班女囚坐在一起烤火，看着煮粥。发现她们从洗米、下米到煮米，再到喝粥，都是非常专注。于是，他决定就在这个「非常专注」的时候，暗自把后门的锁打开，叫杨芬芳偷偷溜出小门，再偷偷钻进设在高处的队部，再偷偷跑到孙志新的宿舍。开始，杨芬芳一个劲儿地摇头，说：「太危险，抓住了就不得了！」

孙志新二话不说，跪下了。杨芬芳无奈，只得答应，但这种充满风险的幽会，从来没敢干。

杨芬芳收到姐姐遗物的第二天，是孙志新值班。清晨点名后，他把哭肿了眼的杨芬芳单独叫到跟前，压低了声音说：「今晚守夜的人煮粥的时候，你从后门出来，到我的房间。记住！别穿你搭在被子上的衣服。」

一切顺利。当钻进孙志新的被窝，衣衫单薄的杨芬芳简直就要冻僵了。在严寒的夜里，由暖而凉，片刻而已。

「我对不起你！」激动的孙志新反复地说着，不停地亲吻和抚摸她的整个身体。他把早已准备好的暖水袋塞进被子，又让她吃下早已做好的水煮荷包蛋，一煮四个，放足了冰糖。

历尽危险才获得的几十分钟幽会，使俩人的心态发生了很大变化：那就是珍惜眼前的一切。这个珍惜，包括身体的每个部分，时间的一分一秒和动作的每个细节。两条孤独的河流猛烈地汇合撞击，即使短暂，也要短暂得天长地久。看来，杨芬芳对孙志新更加依恋了。真的相爱了吗？不想这个，她只知道需要！似乎就是存心要把余生的荒凉，一概转换为当下的快乐！姐姐的去世使自己彻底失去了归宿，再成熟的女人活在无常的人生里，素心与自尊也终被情欲冲刷而去。

「牡丹花下死，做鬼也风流。」这可不是一般人随便享用的，但孙志新就有这个本事。偷情继续着，一晃就是两年。漫长到令人绝望，又短暂得令人激动，简直就是以命换命。

一个清晨，孙志新派杨芬芳到一个距离很远的镇子，说是要去给中队买卫生纸（即大张的草纸）。大家暗自惊奇：场部供销社的这种纸挺多的，干嘛舍近求远？无人公开议论。只有傻瓜一样的张雨荷开了口：「孙指导员怎么啦？那个镇子比到县城还远。他是成心惩罚你呀？」

杨芬芳含混地说：「我也不知道。」

到了工地，姜其丹狠狠地骂张雨荷：「都看出来了，就你要说出来。」

「你们都看出啥来了？」张雨荷瞪大眼睛。

「我才不说呢，你自己琢磨吧。」

杨芬芳回来的时候，已是深夜了，大家都进入梦乡。她买回的草纸由犯灶的小妖精扛到队部库房去了。尽管每刀草纸便宜了几分钱，但大家没觉得质量有多好。

第二天，在工地上就听见易风竹嘀咕：「到那么远的地方去买那些擦屁眼的纸，是不是用来裹私娃子哟（即私生子）？」

从来没见过姜其丹如此震怒和暴烈！二话不说，她抄起割草的大镰刀狂追易风竹。张雨荷问苏润葭：「姜其丹是怎么啦？」

苏润葭没好气儿地吼了一句：「你问我，我问谁！」

工地上的女囚都默默地看着，没人再敢说一句。

红日西沉，光线改变了色调。

第八节

又是一个早春天气。

巫丽雪特别活跃，有时张雨荷让她哼个民国时期的流行歌曲「毛毛雨」或电影《马路天使》里的「天涯歌女」。她都痛痛快快地答应，唱之前还谦虚几句：「周璇是金嗓歌王，我巫丽雪比不了，也就唱个意思，各位女士凑合着听吧，以破劳改之寂。」

单凭这个开头，张雨荷就鼓起掌来——

天涯呀，海角，

觅呀觅知音。

小妹妹唱歌，郎奏琴。

郎呀，咱们俩是一条心。

哎呀哎呀，郎呀，咱们俩是一条心。

……

唱到第二段，巫丽雪便手之舞之，足之蹈之，陶醉其中。有人告到邓梅那里，也没见动静。因为邓梅唯一担心的就是怕她「发疯」。进入春茶的大忙季节，邓梅天天到茶园，察看茶树的长势，了解采茶的进度。每每走近巫丽雪，都要这样说：「你别自言自语了！」「你知道自己说的话，有多反动吗？」「你这是在给自己增加新的罪行！」不厌其烦地重复。巫丽雪毕恭毕敬，微微笑着，不时地点头。转身儿，又自说自话。大家预感到，巫丽雪的「疯病」怕又要发作了。泥土的潮气，野花的香气，茶树的清气，以及鸟的叫声，都混合在一起，引得人就像喝醉了酒，只想躺下，睡去。

这天，邓梅和孙志新一起来到二工区的茶园。邓梅先去检查巫丽雪背在腰间的茶篓，发现她采的茶不到半斤，就很生气：「你没动手，光动嘴了吧？」巫丽雪立即回击：「邓干事，我就是动嘴了，怎么样吧？你们不能欺负我，再欺负我，我就报告主席。」听到这里，急得邓梅叫身边的骆安秀去堵住她的嘴巴。也不知道巫丽雪哪来的功夫，一个「扫堂腿」，就把骆安秀「撂」在了地上。看着对手的败相，她得意地笑了，那洁白的牙齿，细长的脖子，光滑的皮肤，以及突出的锁骨，在浓烈的春色映照下，真是一派旖旎风光。

孙志新来到二工区，喜欢站在张雨荷旁边聊上几句。他有这个本事，聊着聊着，就跟拉家常一样。他问张雨荷：「你的犯罪好像是因为在日记里写了骂江青的话。」

「是。」

「还有别的吗？」

「报告孙指导员，还敢有别的？凭这一条，就判了我二十年。」

他笑了，说：「替你说句不认罪的话吧，你在国外，充其量是思想犯。」

张雨荷瞠目结舌，说不出话来。其实不是说不出话来，是不知道该怎么说。

孙志新把头朝巫丽雪的方向一扭，说：「拿她来说吧，其实就是个精神病患者。」

「对呀！孙指导员。我母亲就说过，中国起码有一半以上的人是疯子。」张雨荷竟有一丝「他乡遇知音」之感。

「你的母亲是医学观点，我们是从政治上看问题。」

张雨荷终于问了自己一直想问的：「孙指导员，巫丽雪到底犯的什么罪啊？」

孙志新迟疑片刻，答：「她是部队文工团的歌舞演员，资产阶级家庭出身。有个很红的电影叫《英雄儿女》，你该知道吧？她和里面的那个男演员相爱。申请结婚，结果领导不批准。不仅不批，那位领导还把她搞了。一次一次地被欺负玩弄，人也就越来越不正常了，天天骂人，骂领导，骂军队。这当然就是犯罪了。」

回到监舍，张雨荷忍不住把跟孙指导员闲聊的事，偷偷跟姜其丹讲了。姜其丹表情严肃又凄楚，说：「别看孙指导员对她不打不骂，可那些材料报上去，巫丽雪就会出大事。」

「大事？有多大？」

「说不好。」

「说不好，是啥意思？你说明白点。」

姜其丹突然激愤起来：「想套我话？你等着吧，到了那一天，不用说就都明白了！」

每个上午和下午采下来茶叶，都要过秤。秤由苏润葭掌握，她真是个熟练工，秤砣在秤杆上一放，斤两大致无差，大声报出数字，杨芬芳在一旁记录。对采得少的人，苏润葭便要数落：「你今天怎么啦？」

近来，杨芬芳也采得少，苏润葭也不批评，只把手伸进茶篓刨两下。这个动作，让杨芬芳的脸色很不自然。

春茶已经到了尾声，暮春和初夏没有多大的区别，顶多是一早一晚凉些罢了。很多女囚换上了简单的衣裤，顶多外面罩件绒衣或毛衣。到了正午，大家都脱成了单衣单裤。

这天，太阳格外的好，天那样的蓝，到处都在闪着光，寂静中，大地的热气在渐渐升腾。这个春夏之交，人很容易疲倦。再说春茶采得差不多了，到了扫尾阶段，活儿不重，苏组长盯得也不那么紧了。时不时可以听见女囚闲聊：猜猜下一次吃肉该是啥时候，谁的鞋垫花样好看啦……

突然，「不好啦，不好啦！」易风竹狂跑着，惊呼着，声嘶力竭，沙哑怪异！随着她的喊声，女囚们都陷入了恐惧，你看我，我看你，再不说吃肉和鞋垫。她狂奔到苏润葭跟前，气喘吁吁地说：「你快去看巫丽雪吧！」

「不是有骆安秀嘛。」苏润葭继续采茶，眼皮也不抬。

「就是骆安秀让我叫你赶快去，她不管用了。」说着，就去扯苏组长的衣襟。

「你先说说，她在做什么，是不是又在骂政府？」

易风竹急得直跺脚：「苏组长，你就快去吧！骆安秀说了，去迟了，就看不到了。」

苏润葭继续问：「她怎么啦？」

「她先是解小手。解完了，也不把裤子提上来，后来，后来……」

苏润葭紧张起来：「后来呢？」

「后来，就骂主席。」

脱下裤子，在骂主席……苏润葭当机立断：「张雨荷，你马上到队部找邓干事和孙指导员到二工区茶园。杨芬芳、姜其丹，你们随我来。易风竹，你就守在这里等邓干事和孙指导员，带他们到巫丽雪那里。刚才说的话不许再散布，听见没有？」

当邓梅、孙志新、杨芬芳、姜其丹、苏润葭都远远近近站在巫丽雪的左右，她自己竟毫无察觉，靠在向阳的土坡，裤子几乎全都脱下来了，叉开两条白白的大腿，直露私处，发痴般地笑着，长着长长睫毛的眼睛放射出喜悦的光芒。一会儿，用手指细细清理着阴毛；一会儿，用拇指和食指使劲一扯，拔出一根，捏在手里；一会儿，把阴毛送到唇边，用气儿吹上天，仰望青天说：「……巫丽雪把你老人家送上天。」她就是这样无数次地拔，无数次地吹，无数次地说。

孙志新和邓梅商量了几句。邓梅马上发出指示：「杨芬芳、邹今图回到监舍收拾巫丽雪的衣物被褥，打成行李卷，马上送下山，送到场部狱政科。骆安秀把巫丽雪送回监舍，一步都不许离开，吃过晚饭有专门的干部押送她下山。二工区今晚不读报了，凡是听到她说反动话的人，一律写揭发材料。张雨荷、姜其丹，你俩要帮那些没文化的人写。」

姜其丹立即声明：「报告邓干事，我没文化，我写不了。」

不等邓梅开口，孙志新气势汹汹地问：「那你的《圣经》是怎么读的？」

「我写不了。」姜其丹面无惧色。

孙志新大怒：「再敢说一遍，我就敢扇你。信不信？」

「报告指导员，我写，我也替她写，总行了吧？」张雨荷小声地央求。

「不行，都是一个人的笔迹，怎么行？！」

回到监舍，张雨荷旁边的铺位空了。越是长久地注视它，张雨荷就越是痛惜，不禁想起自己初入监狱时的情景——长得活像吉普赛女郎的巫丽雪问：「假如你收工回来，又累又饿，一边放着盆热水，另一边摆着块蛋糕。你先挑什么？一，二，三，一起回答。」

「热水！」俩人一同喊了起来。

张雨荷很后悔，没能和她一起跳「伦巴」，哪怕偷偷地跳一次！一定很美。

这一年的春节前夕，劳改农场照例召开「宽严大会」。大家进入会场，就发现这次戒备森严，广场的四周架起了机枪，站着机枪手。干部之间也不像往常互相寒暄，都各就各位，严守自己管辖的中队。

张雨荷问苏润葭：「今天怎么啦？」

苏润葭说：「要枪毙犯人。」

「在这里吗？」

苏润葭点点头。

大会的最后一项，正是处决一个升格为死刑的犯人。张雨荷低着头，不敢看。她担心是巫丽雪。枪毙的犯人正是巫丽雪！手上是铐，脚下是镣，是被两个大汉拖上来的。人跪着，大概自己已经走不动了，胸口挂着个现行反革命罪犯的大牌子。她消瘦多了，衣服也脏，领口完全撕烂，棉花都翻在了外面。宣读罪行的时候，巫丽雪垂下了浓密的长睫毛，但她依旧像个吉普赛女郎。

空中一声呼啸，人倒在了血泊中。

姜其丹按照邓梅的指示，把巫丽雪的几件衣物收拾停当，有关部门及时通知家属前来领取。一年，两年，没有回音。

张雨荷发现：自巫丽雪被处决，杨芬芳的气色就不好，情绪也不好。成天板着面孔，经常发愣。不像花，像落叶。

落叶，只有风知道她的哀伤和叹息。

尾声

孙志新再次让杨芬芳去那僻远的小镇给女囚买草纸。姜其丹听了，把搪瓷缸子里剩下的一点水，从门口使劲地泼了出去。

清晨出发前，张雨荷忍不住问杨芬芳：「要走那么多的路，不累吗？为啥孙指导员不让邹今图也去，两个人好一点。」

杨芬芳隔了好一阵，像是自语：「是，就我一个人。」青色的脸一阵煞白，仿佛又有点走神。

她走了。

邹今图看着她的背影，对张雨荷说：「她有点不对劲儿，怕是有心思了吧？」心思？谁也不敢接这个「话茬儿」。

太阳落进了西山，山峰的阴影越发浓郁，估摸着该回来的时候了，杨芬芳没有回来。

吃晚饭了，杨芬芳没有回来。姜其丹把她的那份饭菜盖好，时不时望望中队的大门。

学习会上，张雨荷读着报，没几个人专心听。邓梅似乎也心神不定。

后半夜了，星星在夜空闪烁，女囚们都已入睡，只有孙志新像热锅上的蚂蚁。队部电话铃响了——农场政委打来电话，对孙志新说：「怀孕的杨芬芳，现在躺在农场医院。她说，肚子里的孩子是你的。」

政委的语气平缓，但孙志新听来却是心惊肉跳。为了一份简单的快乐和短暂的享受，自己不是很有信心吗？第一次偷情时，杨芬芳苦苦哀求：「不行啊，我又犯罪了。」孙志新理直气壮地答：「我不怕，你怕啥！」现在呢？杨芬芳可以不怕，反正是个罪犯，而自己倒真的害怕了：从党籍到饭碗，都成了大问题。说不定会回到原籍，当个社员。激情中的孙志新曾要求杨芬芳直呼自己的姓名，说这样称呼起来，他们的关系「平等了」，「没界限了，就是男人和女人」。事实上呢？自己享受的正是不平等带来的巨大快感……思来想去，因进退维谷、欲下不能而悔恨不已，又像柳条在风中惊慌地摇来摆去。要命的是人在壮年，仿佛生命突然停顿，孙志新彻底崩溃了。人在现实中，永远是短视的。整个晚上，他的思绪始终围绕着自己的处境与前途，而那个可怜又美丽的女囚如流云、似书页一般，匆匆而过，无暇顾及了。

因为牵涉干部，一切都处在保密状态。邓梅第二天来到茶园，故意大声地对苏润葭说：「杨芬芳昨天给你们买草纸，在回来的路上昏倒了，被送到了场部的医院。什么病还不清楚，大概要住几天吧。」

瞬间，邓梅的话传遍这个女犯中队，议论的最多的是：杨芬芳害了什么病？她走的时候不是好好的嘛？收工后，不停地有人向卫生员吴艳兰打探：「杨芬芳怎么啦？你该知道她害的是什么病吧？」问得不耐烦，又无法回答，吴艳兰索性把卫生室的小门锁了，自己到犯灶去帮着洗菜。

几天后，女囚发现：孙志新不见了。

张雨荷问邓梅：「孙指导员去哪儿了？」

邓梅淡淡地说：「他奉命调离了。」

这个话，有如一枚炸弹，把所有的女囚都炸得灵魂出窍，表面平静的二工区，内里就是一锅开水，翻滚着闲话，脏话，俏皮话，风凉话，就是傻子也猜到了：杨芬芳又重新犯罪，她勾引的男人就是孙指导员。

易风竹更是兴致勃勃，到处去讲：「她本事可真大，把个指导员都弄到手了。」

姜其丹私底下骂孙志新，说他是个禽兽。

张雨荷则与苏润葭吵起来，苏润葭说：「这是通奸杀人的犯罪本质大暴露。」张雨荷激烈地为杨芬芳开脱：「一个女犯人，一个男干部。要把关系搞清楚，再说谁是谁非！」

女犯从场部医院的劳改就业人员那里得知：那个

僻静的小镇有个兽医站，杨芬芳怀孕后，孙志新便以买草纸为名，叫她一人走几十里山路去兽医站刮宫。

谁又预料得到呢！杨芬芳走进兽医站，被有经验的兽医三查两问就慌了神。人家单刀直入：「你是不是正在服刑的劳改犯？」

「是，农场的。」她毫无退路。再说，囚犯除了服刑，哪儿还有路？

「男的是谁？是男犯吧。」

「不是。」

「是谁？」

吐出了两个字：「干部。」

「劳改队的？」

「我们中队的指导员。」

兽医问：「你说说，有几个月不来月经了？」

「有三个月了。」

「是想打胎吧？」

「是。」

「是你自己来的，还是他叫你来的？」

「他叫我来的，我是个犯人，自己怎么来啊。」

「他在哪儿？是在门外等着吧。」兽医再问。显然，他遇到这类事已不是一两次了。

「他没来，就我一个人。」

兽医感慨道：「我们把胎儿打了，你也一个人回去？」

杨芬芳的眼泪，忍不住滚滚而落。大难再次临头，怪谁？怨谁？赖谁？一个罪犯，身体都不属于自己了。人家想要你，就要你，无论是在茶树下，还是在工棚里。杨芬芳顿生出对孙志新的满腹怨恨。

「你就坐在这里，等农场来人。」接着，兽医的电话打到了场部。于是，一个狱中偷情的故事，戛然而止。

在农场医院，给杨芬芳做人流手术故意搞得她很野，很痛。她叫喊，呻吟，守在旁边的干部，冷笑道：「臭婊子，就是要你痛死！」

孙志新被开除党籍，调到农场的一个砖瓦窑去了，那里有不多的男犯和许多的砖瓦，让他踏踏实实守着老窑。两年后，他把妻儿接到窑上。见过的人，叹道：「难怪色胆包天，他的老婆比妈还老。」

杨芬芳等到了刑满的那天，赵勇海没有食言，两鬓斑白的他站在农场大门口，接她回家。

杨芬芳问：「你带我去哪儿？」

「回石壁村。」

「我能跟你去任何一个地方，就是不能回石壁。」

「为什么？那是咱们的家啊。」赵勇海不解了。

「因为何无极埋在那儿。」她看男人的眼神像是在看一杯清水，连心思都是淡的。

赵勇海把所有的钱和粮票留下来，走了。在伸手接过钱和粮票的时候，他发现：杨芬芳手腕上带着一块男式手表。

法律惩罚了她，但不一定能拯救她。算来，杨芬芳已不年轻，要走多少路才能找到自己的路？要遇到多少人才能找到最合适的那个人？

没有玫瑰，也没有百合——杨芬芳依旧是女人，有颗跳动的心。

写于北京守愚斋

二〇一一春一秋

看无主花枝可嗟，一任他东风相嫁

——《杨氏女》笔谈

章诒和

在女囚中，婚姻犯罪、性犯罪几乎是第一位的。

一次，我下山到劳改农场的场部领农具。一路上，先后迎面走来三个年轻又漂亮的女囚。一打听，都是通奸杀人犯罪，奸夫全枪毙了，她们全是徒刑二十年。所以，杨芬芳不是特例。

□ 真不知该如何描述归结她的命运

今秋，写完《杨氏女》，身心疲惫到了极点，我到海边住了三天。晴空万里，海天之间一片伟丽宁静。细密的波浪，缓缓地冲刷着倾斜的沙岸。黄昏观看落日，海面皆放金光，似乎自己是沐浴在灵光之中……我愿永远在此站立，感受那永恒的神圣。落日渐沉，变成一弯，一弯变成一线，再猛地一沉，没有了太阳，光明随之而去。深夜，从远处传来大海的涛声，仿佛是透着绝望的呼声，不停不断，看着黑色的海，从心底生出幻灭感，云水苍茫，万物忧戚，一切都化为乌有了。脑海里，挥之不去的是《杨氏女》中的何无极与杨芬芳，他们不也是这样么？刚刚还是霞光万道，之后，化成被掩埋的一堆骨骸，化成了我眼中的一滴泪。

许地山说：「爱，就是惩罚。」过去对它的涵义我从未细想。现在懂了。我认为这几个字，基本上就是《杨氏女》故事的主题。何无极原本平淡无奇，但是因为一场鲜血飞溅的情爱，使短短的一生过得像夜晚的焰火，「嗖」地飞升到天空，瞬间金光四射，很快坠地，归于沉寂。杨芬芳与他的相恋，亦如樱花般美艳灿烂。但是因为一夜血雨腥风，洗尽了所有的芳香和甜蜜。杨芬芳一边与邻家青年热恋，身许；一边「嫁」给了陌生强势军人。故事就在苦恋和军婚之间，在性爱与强暴、炽热与冷涩之间的激烈冲突中滚动、展开，终于，酿成一场通奸情杀之生死血案。

在杨芬芳身上，爱情与婚姻是悖理的，敌对的：既是勇敢追求性爱的少女，又是怯懦被动的性奴；既有毫无顾忌的对性爱的渴望与担当，也有愚昧、屈从物欲权势的自欺，自己也始终在真伪之间摇摆挣扎，「看无主花枝可嗟，一任他东风相嫁。」最可悲可怜的是杨芬芳每次的选择，几乎都是错的，包括最后拒绝赵勇海。无奈啊！杨氏女是以真实情节作基础的，表现出世俗的天性。这个并非百邪不侵的玉女，最后成为屡屡受害的罪犯，就很可理解了。善与恶，罪与罚，天道，人伦，我真不知该如何描述归结她的命运。《杨氏女》多多少少蕴含着这个民族久远文化痼疾的印记吧。

□ 一个极其重要的原则就是自愿

在与刘氏女、杨氏女以及即将动笔的邹氏女（一个同性恋者）等女囚的长期接触中，我对女性的性别特征有了一些认识，女人，除了吃饱穿暖和传宗接代以外，她们需要情爱，需要性快乐。当然，那时我们对性材料、性实践以及看法、玩法，远没有像今天这样达到现代社会的水平。的确，「西方的性实践，对于大多数中国人来说完全像外星球的事一样遥远」(李银河《虐恋亚文化》，第 4 页，内蒙古大学出版社，2009 年)。这一点，被狱中生活屡屡验证。是啊，《杨氏女》中农村青年何无极哪里知道激起自己举刀砍杀的那个动作，叫「口交」呢？是个性玩法。

当然，刘庆生性行为中的强迫性、暴力性，彻底扫除了夫妻之乐，而成为一种主人与奴隶、统治与屈从、施暴与受害的关系。对刘庆生的「异常」性实践，我也理解——它无非是植根于男性的基本本能，并存在于性关系中男女之间「统治与服从」的普遍倾向里。在这里，一个极其重要的原则就是自愿，这是一切「稀奇古怪」性行为、「千奇百怪」性关系中的核心概念。男女交往，无论哪一方如果不是自愿，那么他（她）面对的就是地狱和灾难。杨氏女和指导员孙志新之所以能长期偷情，且甘冒风险，就是因为在野合的时候，暂时摆脱了看守和女囚关系。第一次发生性关系时，孙志新就要求杨芬芳不要叫自己指导员，是一个不容忽视的细节。

□ 性，足以使人忘记一切危险和所有烦恼

杨氏女们是真正的性犯罪。性，一向具有多种意义：生殖，色情，浪漫，罪恶，娱乐，精神，等等。性，也是一种机制，即维系生命的机制。而我本人则比较欣赏李银河的说法，性「是一种需要和欲望的交易；是一种被人喜爱、需要、向往、成为他人生活最重要的事的需要；是人对他人吸引力的标准；是建立亲密关系的途径」。（李银河《性的问题》，第 4 页，内蒙古大学出版社，2009 年）故而，最为明显的一个特征是它与肉体快感有关。为此，李博士还把性的意义概括归为七种，从为了繁衍后代，到为了表达权力关系。在当代生活中，生殖目的的确不再是目的，甚至爱的目的也无绝对之必要。它可以是一种游戏，一种单纯享受，可长期可短暂，

可多次性也可一次性。

在性成为单纯感官快乐的世界，在对性不必那么严肃的今天，无论是穷人还是富人，无论是看守还是囚犯，性无疑是共同的快乐和极大的享受。它足以使人忘记一切危险和所有烦恼。确认了这样的前提，杨芬芳与发小何无极的交欢，与军官刘庆生的婚姻，与监狱指导员孙志新的苟合，都在情理之中，甚至是顺理成章。有理由吗？有——因为在性领域，一切行为都可以接受和理解。于我而言，我深深地接受杨芬芳何无极带着血色以致付出生命的短暂性爱。尽管杨氏女先后被三个男性占有，但她在我的眼里依旧纯洁、美丽；尽管何无极举着菜刀朝着情敌狠狠砍下，但他手腕上缠着的绣有小红花的手帕，依旧让我冲动、沸腾。有理由吗？有——因为他们的性爱是双方对灵魂与肉体的渴望与追求。其动人处就在那瞬间的无私和浪漫。

他们是罪犯，罪不可赦。但我喜欢他们，我也是罪犯。

□ 违规的性

故事纠结在刘庆生的身上。他与杨芬芳的婚姻带有欺骗性，当然，杨芬芳的姐姐、姐夫也参与其内。不错，杨芬芳本人也有责任。在社员（农民）普遍处在饥饿形势之下，在知道了「骗婚」真相之后，她还是半推半就地接受了当军官的刘庆生。原因极其简单而实在：因为她无力阻挡「吃饱饭，当干部，灯芯绒」的强大诱惑。面对上海外滩的动人美景，她终于和刘庆生像情侣一样地拥抱了。在她的内心，何无极是第一位的；在她的眼前，吃饱饭是第一位的。因此，在爱情面前，杨芬芳属于何无极；在现实面前，杨芬芳委身刘庆生。如此尖锐的矛盾，使她无法得到平静：一个隐秘的灿烂之春，时时缠绕，徘徊不去。这样，她与刘庆生单独在一起的时候就很别扭，一旦上了床，做爱就很冷漠，僵硬。是啊，女人身体不会说谎，一旦放倒和剥光就会回归真实。一边是丈夫，另一边情人，杨芬芳开始了婚外性活动。这属于违规性活动，每个国家对它的惩罚标准不同，惩罚程度的轻重不一，从罚款到入狱。当然，对这类事也随着时间推移而变化。在改革开放以前，我国对婚外性行为的态度及惩罚，是非常严厉的。现在，也有人主张惩办通奸者。如果再做细致一些的分类，杨芬芳与何无极的通奸，当归于有爱婚外性行为，这比无爱的性行为能获得更多的容忍度。但是，丈夫与情人的俨然不同的社会身份，彻底否定了「容忍度」，在大讲「阶级」和「阶级斗争」的年代，这个一点也不复杂的通奸杀人案，毫无疑义地上升为反革命阶级报复案。结果可想而知：不管身为军官的刘庆生死没死，身为地主之子的何无极是死定了。

令我感叹的是何无极的刑前表现，刀都架在脖子上了，他依旧痴情。说句实话，有这样男人爱自己，我也知足了。

令我痛惜的是何老太。在整个事件中，她最清醒。清醒又如何？只有结束自己！在写这个老人的时候，常因想起我的母亲而泪流不止。

□ 我的生活欲望就是写作欲望

让我们再回到海边。

在风平浪静的黄昏观看落日，多有守伺圣哲庄严平和之感。纵是凡夫俗子，也会感到自己的肉体已然消融，只留下了灵魂。

我在想：生命是一个故事，还是一个事故？年轻的时候，总以为一个问题只能有一个答案。经历了许多之后才明白：其实生活中每个问题都有无数个解，而其中没有一个是绝对正确的。请问《杨氏女》中，谁正确？可能我也不正确。

七十岁了！想做什么事，就赶快去做，因为已经没有第二次机会。这是唯一的。对我来说，我的生活欲望就是写作欲望。

北京守愚斋

二〇一一年十月